William Shakespeare

Macbeth

Tradução e adaptação em português de
Hildegard Feist

Ilustrações de
Jótah

editora scipion

Gerente editorial
Sâmia Rios
Editora
Sâmia Rios

Assistente editorial
José Paulo Brait

Revisoras
Ana Curci,
Fátima de Carvalho M. de Souza
e Nair Hitomi Kayo

Coordenadora de arte
Maria do Céu Pires Passuello

Programador visual de capa e miolo
Didier D. C. Dias de Moraes

Diagramadora
Ana Lucia C. Del Vecchio

Traduzido e adaptado de *Macbeth*, em
The complete works of William Shakespeare.
Garden City/New York: Nelson Doubleday,
s.d. v. II.

editora scipione

Avenida das Nações Unidas, 7221
Pinheiros
CEP 05425-902 – São Paulo – SP

ATENDIMENTO AO CLIENTE
Tel.: (0xx11) 4003-3061

www.coletivoleitor.com.br
atendimento@aticascipione.com.br

2021
ISBN 978-85-262-4661-4 – AL
CL: 734183
CAE: 223027
1.ª EDIÇÃO
10.ª impressão

Impressão e acabamento
Edições Loyola

Dados Internacionais de Catalogação na Publicação (CIP)
(Câmara Brasileira do Livro, SP, Brasil)

Feist, Hildegard

  Macbeth / William Shakespeare; tradução e adaptação em português de Hildegard Feist; ilustrações de Jótah. – São Paulo: Scipione, 2002. (Série Reencontro literatura)

  Título original: Macbeth

  1. Literatura infantojuvenil I. Shakespeare, William, 1564-1616. II. Jótah. III. Título. IV. Série.

02-5512   CDD-028.5

Índices para catálogo sistemático:
  1. Literatura infantojuvenil   028.5
  2. Literatura juvenil   028.5

Ao comprar um livro, você remunera e reconhece o trabalho do autor e de muitos outros profissionais envolvidos na produção e comercialização das obras: editores, revisores, diagramadores, ilustradores, gráficos, divulgadores, distribuidores, livreiros, entre outros.
  Ajude-nos a combater a cópia ilegal! Ela gera desemprego, prejudica a difusão da cultura e encarece os livros que você compra.

SUMÁRIO

Quem foi William Shakespeare? 4

Capítulo 1 – Um combate sangrento 7

Capítulo 2 – "Logo serás rei!" 10

Capítulo 3 – Lady Macbeth 17

Capítulo 4 – Trama sinistra 23

Capítulo 5 – As mãos sujas de sangue 28

Capítulo 6 – Gritos na noite 35

Capítulo 7 – Morte por encomenda 45

Capítulo 8 – O intruso invisível 51

Capítulo 9 – Aparições proféticas 57

Capítulo 10 – O massacre dos inocentes 62

Capítulo 11 – O teste da verdade 67

Capítulo 12 – Marcha para a fronteira 73

Capítulo 13 – A mancha indelével 77

Capítulo 14 – Uma estratégia brilhante 81

Capítulo 15 – Uma floresta em movimento 85

Capítulo 16 – A batalha final 90

Capítulo 17 – Viva o rei! 93

Quem é Hildegard Feist? 96

QUEM FOI WILLIAM SHAKESPEARE?

No verão de 1587, um rapaz interiorano andava pelas ruas de Londres. Tinha consigo apenas algumas libras, mas finalmente encontrava-se no ambiente propício para desenvolver a sua vocação: a literatura.

A capital inglesa havia sido, por muito tempo, apenas um sonho para William Shakespeare. Nascido em 1564, em Stratford-upon-Avon, gozou de uma vida abastada até os 12 anos. A partir de então, com a falência de seu pai, viu-se obrigado a trocar os estudos pelo trabalho árduo, passando a contribuir para o sustento da família. Guardava, entretanto, os conhecimentos adquiridos na escola elementar, onde havia iniciado seus estudos de inglês, grego e latim; por sua própria conta, continuou a ler os autores clássicos, poemas, novelas e crônicas históricas. Era também um profundo conhecedor da Bíblia.

Aos 18 anos, já estava casado com a rica Anna Hathaway, com quem teve três filhos. Não se sabe ao certo por que motivo seguiu sozinho para Londres, quando contava 23 anos; o fato é que veio a tornar-se a figura mais expressiva da literatura inglesa. Foi o maior poeta e dramaturgo do Renascimento de seu país.

De maneira bem simples, podemos definir o Renascimento como a retomada da cultura da Antiguidade clássica, baseada na valorização de todas as capacidades do homem e no estudo e conhecimento da natureza, que se desencadeou em vários países da Europa nos séculos XIV, XV e XVI, reformulando as artes, as letras e as ciências. Esses princípios eram bem diferentes daqueles que nortearam a cultura medieval, centralizada na adoração a Deus e no estudo exclusivo dos livros sagrados e dos assuntos espirituais.

Vários foram os fatores que determinaram esse processo: a centralização do poder na figura dos reis, que estimulavam a produção artística, esperando obter, dessa forma, uma promoção pessoal; o desenvolvimento do comércio e das cidades; e o enriquecimento dos comerciantes, que passaram a pagar para que artistas e literatos produzissem obras que divulgassem os valores dessa classe em ascensão.

Tal efervescência cultural era bastante acentuada em Londres, onde se desenvolvia uma intensa atividade teatral. As peças, além de encenadas, eram impressas em livros e folhetins, os quais eram rapidamente consumidos pelo público. Assim, as companhias eram obrigadas a renovar seus repertórios com frequência, encomendando peças inéditas aos autores da época.

Shakespeare iniciou sua carreira como ator, na companhia teatral do conde de Leicester. Pouco tempo depois, passou a dedicar-se à adaptação de textos alheios para o palco. O sucesso obtido nessa atividade levou-o a escrever suas próprias peças – a primeira delas foi o drama histórico *Henrique IV*, em 1591.

Nos dez anos seguintes, Shakespeare – agora com sua própria companhia teatral – escreveu 15 peças, quase todas comédias leves e dramas históricos ou sentimentais, como *Sonho de uma noite de verão*; *A megera domada*; *Muito barulho por nada*; *Ricardo III*; e *Romeu e Julieta*. A partir de 1601, durante um período de recolhimento e meditação, elaborou a maior parte de suas tragédias, como *Otelo*; *Hamlet*; *Rei Lear* e *Macbeth* – esta é considerada, por alguns críticos, a sua "fase sombria". A maioria dessas obras já foi adaptada para a série Reencontro literatura e vem obtendo grande sucesso de público, ano após ano.

Para escrever *Macbeth*, a última de suas grandes tragédias – e a mais curta –, Shakespeare baseou-se nas *Crônicas da Inglaterra, Escócia e Irlanda* (1577), do historiador inglês Raphael Holinshed, que morreu por volta de 1580. Entretanto, como costumava fazer, manejou as informações com grande liberdade, para expor a trajetória de um homem que se arruína completamente por causa da ambição desmedida. Na vida real, Macbeth efetivamente matou seu antecessor, Duncan I, que considerava um usurpador, porém governou com competência e, dentro do possível, com justiça. Estabeleceu a lei e a ordem no país e, muito religioso, fez uma peregrinação a Roma. Nascido em 1005, casou-se, em 1033, com Gruach, neta de um dos primeiros soberanos escoceses, e foi morto por Malcolm, filho de Duncan, em 1057, após dezessete anos de reinado.

Escrita provavelmente em 1606, *Macbeth* talvez tenha estreado na corte do rei Jaime I em agosto do mesmo ano. Contudo, a primeira apresentação de que se tem registro data de 1611 e ocorreu no Globe Theatre, o teatro de Shakespeare, em Londres. Como muitos de seus contemporâneos, Jaime I era fascinado por feitiçaria, e Shakespeare incluiu na obra três feiticeiras, que desempenham um papel fundamental no desenvolvimento do enredo. Também substituiu os dinamarqueses que participaram da rebelião focalizada na peça por noruegueses, já que Cristiano da Dinamarca assistiria à representação. O desfile dos reis, na cena I do ato IV, constitui outra de suas alterações, para glorificar a dinastia dos Stuart, à qual Jaime I pertencia.

Muitos atores se recusam a pronunciar o nome da peça, preferindo chamá-la de "a peça escocesa", porque acreditam que o nome Macbeth dá azar. Há muitas histórias de acidentes associados com produções da peça. O pior de todos aconteceu em Nova York, em maio de 1849, quando um tumulto provocado pela representação resultou em 22 mortos e mais de 150 feridos.

Macbeth inspirou uma ópera ao compositor italiano Giuseppe Verdi, que estreou em 1847, e ao menos dois grandes filmes: *Macbeth, reinado de sangue*, de Orson Welles, e *Um trono manchado de sangue*, de Akira Kurosawa.

Capítulo 1

Um combate sangrento

Três vultos altos e magros como lanças espetadas no chão rodeavam uma fogueira em meio a um campo solitário da Escócia, nas proximidades do lago Ness. As chamas, sopradas pelo vento, iluminavam seus rostos murchos e, sem lhes causar dano algum, lambiam os farrapos negros que cobriam seus corpos esqueléticos, desde os cabelos desgrenhados até os pés descalços. As três estranhas figuras, mais parecidas com seres de outro mundo que com criaturas humanas, eram feiticeiras de velha estirpe, versadas em artes ancestrais que, acreditava-se, lhes permitiam predizer o futuro, voar como os pássaros, fazer o dia virar noite, provocar tempestades, arruinar pessoas e realizar mais um sem-número de proezas.

Resmungando confusas fórmulas de encantamento que aprenderam com suas mães e suas avós, elas se concentravam em visualizar no fogo o desfecho da feroz batalha que se travava junto ao estuário do rio Forth, a mais de cem quilômetros dali. Estavam acostumadas a ver os escoceses penarem com enfrentamentos constantes entre famílias e clãs que disputavam riquezas e terras, com sucessivas invasões de povos nórdicos, com assassinatos de teor político, com devastadoras insurreições. E nunca perdiam a oportunidade de acompanhar esses dramas a distância, ainda que fosse pelo simples prazer de assistir a cenas cruentas e exercitar seus poderes, fazendo prognósticos sobre o destino dos principais envolvidos.

– O combate permanece indeciso – a primeira feiticeira observou, sem alegria nem tristeza, indiferente à imagem que seus olhos esbugalhados de sapo distinguiam nas chamas. – Os adversários parecem dois nadadores que se agarram um ao outro, exaustos, e não conseguem sair do lugar.

E indeciso o combate permaneceu por muito tempo, pois havia um exasperante equilíbrio de forças entre o exército escocês – comandado conjuntamente pelo bravo Macbeth, senhor de Glamis, e pelo nobre Banquo – e as hordas do implacável Macdonwald, que pretendia usurpar o trono de Duncan, o rei legítimo da Escócia.

– Macbeth vai matar Macdonwald – a segunda feiticeira anunciou, no mesmo tom apático de sua companheira.

Com efeito, conduzindo seu cavalo pelo campo alagado de sangue, pisoteando mortos e moribundos, derrubando todos os que se interpunham em seu caminho, o senhor de Glamis conseguiu finalmente aproximar-se do chefe inimigo. Apoiado apenas nos estribos, ergueu a espada com ambas as mãos e transpassou o peito do traidor, pondo em debandada as tropas rebeldes.

– Mas a batalha não terminou – advertiu a terceira feiticeira.

Estava certa: antes que pudesse comemorar o que parecia ser sua vitória, o exército real ouviu um tropel ensurdecedor e logo se deparou com um vasto contingente, formado por invasores noruegueses e por mercenários que o senhor de Cawdor fornecera a Macdonwald. O próprio Sweno, rei da Noruega, que se comprometera a ajudar os insurgentes em troca de territórios, encabeçava as hostes. Animados com a chegada desses reforços, os revoltosos em fuga decidiram retomar a luta e defender até o fim a causa de seu comandante, como se com isso lhe prestassem uma homenagem póstuma.

8

– Agora os generais de Duncan têm de se haver com um adversário muito mais forte e numeroso, porém não se intimidam – a primeira feiticeira comentou.

– Macbeth se intimida tanto quanto a águia diante do pardal – a segunda ironizou.

– E Banquo mostra o mesmo pavor do leão diante do coelho – a terceira completou, igualmente sarcástica.

De fato, os dois generais rapidamente reorganizaram seus homens e, com redobrada energia, os incitaram a prosseguir num combate que se tornara desproporcional. A batalha se estendeu pela tarde adentro, até que, abrindo caminho por entre as fileiras inimigas, Macbeth foi se confrontar diretamente com Sweno, espada contra espada, braço contra braço, e acabou por subjugá-lo.

– O norueguês se rende – a primeira feiticeira grunhiu.

– Mas, para poder enterrar seus mortos e retirar-se, terá de pagar uma polpuda soma aos vencedores – a segunda ressalvou.

– Além de assinar um acordo de paz – rematou a terceira.

Um grande silêncio pairou sobre o país. Durante uma hora longa como um dia, nem os pássaros piaram, nem as árvores agitaram suas ramagens, nem os rios marulharam. E então, de repente, um grito de vitória percorreu a distância e ecoou por todo o reino.

– Cawdor será executado por ordem de Duncan – a primeira feiticeira proclamou.

– E, por ordem de Duncan, seu título pertencerá a Macbeth – a segunda acrescentou.

– Assim como suas propriedades – a terceira concluiu.

– Vamos contar a Macbeth – as três decidiram, impassíveis como sempre. – Vamos encontrá-lo, voando por entre a névoa e o ar impuro. O belo é feio e o feio é belo – resmungaram enigmaticamente, antes de desaparecer no vento.

Capítulo 2

"Logo serás rei!"

Deixando para trás o campo juncado de cadáveres que os sobreviventes trataram de sepultar, Macbeth e Banquo rumaram a toda velocidade para Forres, no litoral norte do país, onde o rei Duncan os aguardava em seu palácio favorito. Já haviam enviado ao monarca a notícia da vitória, mas tinham pressa de entregar-lhe pessoalmente o acordo de paz que firmaram com o soberano da Noruega e as dez mil moedas de ouro que o obrigaram a pagar, como indenização de guerra.

Equivalentes em coragem e competência, bem como no berço aristocrático, os dois comandantes eram homens maduros, altos e robustos, ricos e poderosos, respeitados e benquistos na corte. De resto, porém, diferiam um do outro como a água do vinho ou a terra do mar. Macbeth tinha trinta e poucos anos, densos cabelos crespos, uma barba castanha e curta, entremeada de esparsos fios brancos, e um belo rosto bronzeado pela constante exposição ao sol; seus olhos, ligeiramente amendoados na cor e no formato, expressavam um desejo ardente de grandeza e davam a impressão de estar sempre escondendo alguma coisa. Banquo passava dos cinquenta, ostentava uma cabeça redonda e lisa como uma bola de boliche e uma barba malcuidada, de um grisalho que tendia mais ao amarelo que ao prateado; rugas profundas vincavam-lhe a testa sempre suada; seus olhos, profundamente azuis, sugeriam uma candura meio infantil e uma honestidade a toda prova. Macbeth era casado, mas não tinha filhos, aparentemente por lhe faltar vocação para a paternidade. Banquo era viúvo e havia posto no mundo uma prole numerosa, da qual lhe sobrava apenas um rapaz, chamado Fleance.

– Nunca vi dia tão feio e tão belo – Macbeth comentou. Seu companheiro abriu a boca para lhe perguntar o que queria dizer com tão estranho comentário, porém não conseguiu falar nada, pois nesse exato momento as três feiticeiras surgiram diante deles, forçando-os a frear seus cavalos repentinamente. Os animais se empinaram, assustados, e relincharam de tal modo que afugentaram os pássaros aninhados nas árvores do caminho.

– Quem são vocês? – Banquo gritou.

As bruxas o fitaram desdenhosamente e, cada uma levando aos lábios gretados um dedo nodoso e fino como um graveto, ordenaram-lhe que se mantivesse calado. Depois cruzaram as mãos sobre o peito e voltaram os olhos esbugalhados para Macbeth.

– Salve, senhor de Glamis! – a primeira o saudou, inclinando a cabeça.

– Salve, senhor de Cawdor! – cumprimentou-o a segunda, fazendo-lhe uma reverência.

– Salve, Macbeth! – a terceira exclamou e, ajoelhando-se na poeira da estrada, completou: – Logo serás rei.

Suas palavras tiveram o dom que jamais fora concedido nem ao mais poderoso exército inimigo: fizeram o bravo Macbeth estremecer e o deixaram absolutamente mudo.

– Que é isso, rapaz? – Banquo surpreendeu-se. – Você nunca tremeu, nem nas piores batalhas... E agora, com um augúrio tão bom, parece que está com medo...

Macbeth permaneceu em silêncio, as mãos crispadas nas rédeas, os pés firmes nos estribos. "Ele tem razão", pensou, lutando consigo mesmo para superar o temor. "É um bom augúrio. Mas por que sinto meu sangue gelar nas veias, como se essas mulheres horrendas estivessem me anunciando um futuro de desgraças, e não de glórias?"

– Quem são vocês? – o general cinquentão insistiu, mas, em sua ansiedade, não esperou que as feiticeiras respondessem e desfiou uma série de perguntas: – O que disseram a meu amigo é verdade? Vocês têm o dom da profecia? O que preveem para mim?

As três figuras se afastaram alguns passos, com um ar misterioso, um sorriso indecifrável, e demoraram para formular suas respostas.

– Serás menor e maior que Macbeth – a primeira finalmente lhe falou.

– Serás menos feliz e, no entanto, muito mais feliz – a segunda vaticinou.

– Serás pai de reis, porém nunca chegarás ao trono – a terceira anunciou.

Depois de ouvi-las atentamente, com a testa mais enrugada do que já era, Banquo coçou a careca, encafifado. Sabia que os adivinhos costumavam se expressar de maneira confusa, pois, como muitos de seus contemporâneos, consultava-os regularmente, antes de partir para uma batalha ou de tomar uma decisão importante. Sempre acreditou no que lhe diziam, embora as predições raramente se concretizassem. Nunca, porém, tinha visto adivinhos tão estranhos como aquelas três mulheres, nem escutado profecias tão contraditórias. "Estão zombando de nós, com certeza", deduziu consigo mesmo. "Não têm poder nenhum... Mas apareceram assim, de repente, em nosso caminho, saindo do nada..."

– Salve, Banquo! Salve, Macbeth! Adeus... – elas grasnaram, abrindo os braços como se fossem levantar voo.

Foi então que o senhor de Glamis, ou de Cawdor, como o chamaram, venceu o medo e recuperou a fala.

– Esperem! – ordenou-lhes, a voz mais firme do que nunca. – Eu me tornei senhor de Glamis quando meu pai, o nobre Sinel, faleceu. Mas não posso ser senhor de Cawdor, já que o senhor de Cawdor está vivo e...

– Não por muito tempo – elas o interromperam.

– Como assim?... – Banquo quis saber. – Cawdor está doente? Mas ele tem uma saúde de ferro...

As feiticeiras sorriram, enigmáticas como esfinges, e, abanando as mãos quase descarnadas, desvaneceram-se como bolhas de sabão, sem deixar vestígio. Um relâmpago riscou de alto a baixo o céu azul, e um trovão estrondeou nos ares límpidos, embora não houvesse em parte alguma sinais de tempestade.

Macbeth e Banquo ficaram parados no meio da estrada poeirenta, esfregando os olhos, hesitando em dizer para si mesmos se foram vítimas de uma alucinação ou se as três figuras tinham realmente lhes dirigido a palavra.

– Eram bruxas mesmo! – Banquo exclamou, rompendo por fim o longo silêncio. – Nesse caso, as profecias vão se cumprir.

– Seus filhos serão reis – Macbeth falou, ainda pasmo.

– E você será rei, meu amigo. Só não entendi aquela história de que serei menor e maior, menos feliz e muito mais feliz que você...

– O tempo nos dirá – o outro concluiu e, esporeando o cavalo, gritou: – Vamos em frente!

Os dois guerreiros retomaram a cavalgada, correndo mais do que nunca, como se dessa forma pudessem acelerar o futuro. Entretanto, ao dobrar uma curva da estrada que serpenteava por entre árvores frondosas e minúsculos vilarejos, avistaram ao longe uma nuvem de poeira.

– Quem vem lá? – Banquo perguntou, sem diminuir a marcha.

Macbeth continuou galopando em silêncio, ansioso para aproximar-se dos cavaleiros que vinham em sua direção. Ao cabo de alguns minutos, satisfez sua curiosidade: os viajantes eram Ross e Angus, dois nobres da corte.

– Duncan recebeu com grande alegria a notícia da vitória e nos enviou para transmitir-lhes seus mais sinceros agradecimentos – Ross anunciou, esbaforido.

– Ele nos encarregou de escoltá-los até o palácio, onde os espera com merecidas recompensas – Angus acrescentou, igualmente ofegante. – E nos instruiu para que o chamássemos, doravante, senhor de Cawdor – completou, inclinando a testa diante de Macbeth.

– Salve, senhor de Cawdor! – Ross o saudou, imitando o gesto de seu companheiro.

As mesmas palavras da feiticeira! Mais uma vez, Macbeth estremeceu, porém reagiu de imediato, antes que o espanto e aquele medo estranho, que nunca sentira, o dominassem como em seu inesperado encontro com as três bruxas.

– Por que me chamam com um nome que não me pertence? – perguntou. – O senhor de Cawdor está vivo! Não está?...

– Não por muito tempo – Angus replicou, repetindo, sem saber, a resposta que as feiticeiras haviam dado ao general.

Perplexo demais para abrir a boca, Banquo ouvia a conversa em silêncio, coçando a calva, como sempre fazia quando alguma coisa o intrigava.

– Expliquem-se, por favor – Macbeth pediu a seus pares.

– O senhor de Cawdor perdeu o título e os bens, e neste exato momento está sendo julgado – Ross o informou. – É certo que acabará no patíbulo.

– E por quê? Que crime cometeu aquele homem tão honesto e benquisto?

– Aquele homem tão honesto e benquisto, como você diz e como de fato parecia ser, revelou-se um traidor dos mais infames – Angus esclareceu. – Duncan descobriu que, enquanto se ajoelhava diante do trono, jurando-lhe lealdade eterna, Cawdor conspirava contra ele. O próprio Cawdor confessou, ainda há pouco, que contratou mercenários para reforçar as tropas de seu cúmplice, Macdonwald, e que negociou a aliança dos rebeldes com os noruegueses. O que ele não confessou, mas todos nós achamos, é que certamente pretendia trair também Macdonwald e dividir o reino com Sweno.

Macbeth, porém, já não o escutava, absorto que estava em seus pensamentos. O fato de ter se tornado senhor de Cawdor, título com que jamais sonhara, parecia-lhe uma indicação clara de que se tornaria também rei da Escócia, conforme vaticinaram as feiticeiras. No entanto, para chegar ao trono, teria inevitavelmente de derramar sangue inocente, e essa perspectiva não lhe agradava nem um pouco; ao contrário, turvava-lhe a mente a tal ponto que o fazia sentir-se incapaz de agir.

– O rei nos espera – Ross o lembrou.

– O que você falou?... – Macbeth perguntou, como se despertasse de um sono profundo. – Ah, sim, claro... Duncan nos espera. Desculpem-me – murmurou, fitando os demais com um olhar vazio. – Eu estava distraído.

Tendo vencido a perplexidade, Banquo observava-o atentamente. Conhecia-o desde menino e sempre o admirara pela determinação, pela valentia, pela destreza no manejo das armas. Contudo, não ignorava seu desejo de grandeza e temia que a ambição acabasse por falar mais alto que a lealdade ou a honra. "Assim que estivermos a sós, vou lhe pedir que tome cuidado para não cair em tentação", decidiu consigo mesmo, apreensivo.

O sol se punha ao longe, tingindo o horizonte de um vermelho-sangue, quando o pequeno grupo reiniciou sua viagem rumo ao palácio real de Forres. Com o vento fresco do fim de tarde batendo-lhe no rosto, Macbeth pouco a pouco se acalmou o bastante para colocar alguma ordem em seu cérebro perturbado e formular para si mesmo uma nova ideia que o encheu de esperança: "Se a sorte quer que eu seja rei, a sorte pode muito bem me coroar sem que eu precise mover um dedo...". Durante todo o trajeto, repetiu mentalmente essas palavras, como se a repetição tivesse o dom de concretizá-las, livrando-o de cometer assassinatos que, em sua imaginação, ainda não passavam de vagas fantasias alimentadas pelas predições das feiticeiras.

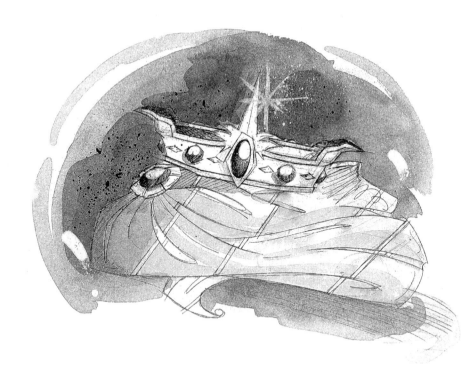

Capítulo 3

Lady Macbeth

A uns quarenta quilômetros de Forres, na cidade de Inverness, erguia-se o castelo do senhor de Glamis, uma imponente construção com várias torres, protegida por grossas muralhas e cercada por um fosso profundo.

No alto da torre sul, uma mulher jovem, miúda e morena, andava lentamente de um lado para o outro, envolta numa capa que esvoaçava ao vento leve do entardecer. Seu olhar ansioso dirigia-se constantemente para a estrada que conduzia ao condado de Fife, onde se travara a batalha entre o exército real e os rebeldes aliados aos noruegueses. A notícia da vitória já chegara a seus ouvidos, porém ela ardia de impaciência para conhecer os detalhes do combate e, sobretudo, o teor das homenagens que o soberano agradecido haveria de prestar aos generais triunfantes, especialmente ao mais moço.

Fazia sete anos que essa mulher se casara com o senhor de Glamis, tornando-se Lady Macbeth. Assim a chamavam todos, com exceção de seu marido, e pouca gente conhecia seu nome de batismo. Um nome estranho, duro como o crocitar de um corvo, seco como o estalo de um tronco morto, cortado ao meio por um raio: Gruach. Esse nome combinava bem com sua personalidade forte, a determinação inabalável e a frieza calculista, que lhe permitiam alcançar seus objetivos sem hesitar em passar por cima de qualquer coisa, pessoa ou sentimento que pudesse constituir um obstáculo em seu caminho. Mas contrastava inteiramente com a aparência frágil, os traços delicados, as maneiras elegantes que faziam de Lady Macbeth uma das figuras mais admiradas na corte do rei Duncan.

Desde o início da tarde, ela estava ali no alto, vigiando o horizonte, onde não se levantava sequer uma vaga nuvem de poeira. Quando finalmente escutou um ruído de passos apressados, aproximando-se mais e mais, voltou-se e, um instante depois, viu o marido surgir no topo da escada e correr em sua direção, de braços abertos.

– Você demorou... – reclamou, ao mesmo tempo contente por recebê-lo são e salvo e aborrecida por tê-lo esperado tanto.

– Desculpe, minha querida – ele falou, estreitando-a carinhosamente junto a seu peito largo –, mas eu precisava levar a indenização de guerra a nosso primo e, conforme temia, fiquei retido em seu palácio.

– Aposto que Duncan não se cansou de elogiar sua bravura e de cumular você de presentes. Conte-me tudo.

Macbeth se afastou, em silêncio. A alegria que trazia estampada no rosto desapareceu de repente, dando lugar a uma expressão sombria.

Surpresa com sua brusca mudança de humor, sua esposa o acompanhou e, posicionando-se a seu lado, perguntou:

– Algum problema?

Sem dizer nada, ele apoiou as mãos numa das ameias da torre e, com as costas curvadas como se carregasse um fardo muito pesado, correu os olhos pela paisagem que se estendia a seus pés. Por um momento, contemplou as casinholas dos camponeses com suas chaminés fumegantes, os celeiros repletos de grãos, os currais onde o gado gordo e sadio começava a adormecer, os pastos que pareciam felpudos tapetes de capim, as plantações no auge do viço, os bosques frondosos em vários tons de verde, os barcos ancorados na enseada de Murray.

– Tudo isso é nosso – murmurou. – E, no entanto, o reino inteiro há de nos pertencer... se elas disseram a verdade... – acrescentou, abrindo os braços como se quisesse abarcar todas as terras que sua vista não podia alcançar.

– Elas?... Do que você está falando?

— De uma coisa que eu não via a hora de lhe contar — Macbeth respondeu, em voz baixa, como se temesse que alguém mais o escutasse. — Ao voltar para Forres, no dia da vitória, deparei-me com três criaturas estranhas, que saíram do nada e depois se evaporaram no ar. Elas me saudaram com o nome de senhor de Cawdor. Pouco depois, Ross e Angus vieram a meu encontro e me chamaram pelo mesmo nome. Eles me contaram que Cawdor havia ajudado os rebeldes e, por isso, estava prestes a ser executado. Em Forres, Duncan me conferiu oficialmente o novo título e me descreveu a morte do traidor. Disse-me que Cawdor se mostrou arrependido de sua traição e morreu como alguém que tivesse ensaiado a própria morte. A primeira profecia das feiticeiras já se cumpriu...

Lady Macbeth apertou o braço musculoso do marido com sua mão pequena e branca e prendeu a respiração.

— A primeira... profecia?... — sussurrou, estupefata.
— É...
— E a segunda?...

O general aprumou o corpo e, mais uma vez, contemplou a paisagem, que mergulhava na penumbra do crepúsculo. As silhuetas escuras das árvores contra o céu avermelhado sugeriam capacetes de soldados gigantescos erguendo-se para dar início a uma batalha.

— Disseram-me que logo serei rei!

Pronunciadas num fio de voz, como se revelassem um segredo precioso, suas palavras causaram o efeito de um brado de triunfo ao término de um combate. Sua mulher estremeceu dos pés à cabeça e, durante alguns momentos, limitou-se a fitá-lo com os olhos quase cerrados.

– É o que você deveria ser há muito tempo – ela falou, por fim. – E é o que será, conforme as feiticeiras vaticinaram... – acrescentou, com um sorriso sinistro. – Mas você precisa mudar sua própria natureza. Precisa deixar de lado tanta bondade, que não lhe permite tomar o caminho mais curto para alcançar seu objetivo. Você tem sonhos de grandeza e ambição suficientes para realizá-los, mas não quer sujar as mãos – continuou. – Você é o tipo de homem que detesta cometer uma traição, porém não hesita em se aproveitar dos benefícios que a traição dos outros possam lhe proporcionar. Mas não se preocupe. Vou derramar minha coragem em seus ouvidos e ajudá--lo, com meus argumentos sensatos, a afastar todos os obstáculos que se interpõem entre você e a coroa que o destino segura sobre sua cabeça.

Macbeth ouviu em silêncio, a atenção dividida entre a esposa, as profecias das feiticeiras e o anúncio que o soberano fizera, horas antes, na presença da corte reunida.

– Os obstáculos são dois... – revelou. – Duncan acabou de nomear seu filho Malcolm como seu sucessor.

Ela permaneceu calada, refletindo sobre a inesperada informação. Agora as sombras da noite envolviam quase por completo o castelo e a paisagem, e pequenas luzes trêmulas ardiam nas casinholas dos camponeses.

– Tive uma ideia! – Lady Macbeth exclamou de repente.

– Se agirmos corretamente, e por certo haveremos de agir, a culpa recairá sobre Malcolm e o irmão dele, aquele principezinho Donalbain, que mal saiu das fraldas. Os dois serão julgados e condenados como parricidas... isto é, se não fugirem antes, mortos de medo... O reino ficará acéfalo. E sobrará apenas um parente de Duncan para ocupar o trono: você, que é primo-irmão dele. Vê como é simples?

Antes que ele pudesse expressar sua opinião, um lacaio surgiu no alto da escada, empunhando um archote. À luz da chama balançada pela brisa, os cabelos castanhos de Lady Macbeth se tornaram intensamente ruivos, e a couraça do general adquiriu um tom acobreado.

– Perdão, senhor – o criado falou, ofegante. – Um mensageiro vindo de Forres acaba de trazer a notícia de que a comitiva real deve chegar dentro de três horas, no mais tardar.

O casal se voltou ao mesmo tempo, e a mulher cravou no marido um olhar que era por si só uma pergunta.

– Duncan e os filhos serão nossos hóspedes – Macbeth lhe explicou. – Pedi licença para vir na frente, a fim de tomar as providências necessárias para recebê-los, e acabei me esquecendo.

– Eu cuido disso – ela retrucou. – Diga aos cozinheiros que preparem um magnífico banquete e aos escanções que encham as jarras com os melhores vinhos de nossa adega – ordenou ao serviçal. – Reúna o restante da criadagem para arrumar a mesa e enfeitar o salão. Já vamos receber o rei e seu séquito.

O lacaio fez uma rápida reverência e, depois de encaixar o archote num tocheiro de ferro, desceu a escada apressadamente.

Quando seus passos se distanciaram, Lady Macbeth juntou as mãos e, com os olhos fechados, pronunciou uma oração aterradora:

– Vinde, espíritos das trevas, atendei minha súplica! Fazei todo o meu ser transbordar com a mais absoluta crueldade, tornai meu sangue espesso como chumbo derretido, transformai meu coração num bloco de pedra, arrancai de mim qualquer coisa que se pareça com piedade, bloqueai todos os caminhos que possam me levar ao remorso! Encobri este castelo com a mais densa fumaça do inferno, para que o céu não veja a mão que segura o punhal e não a mande parar antes de atingir o alvo! Ajudai-me a conquistar o trono!

Tenso, profundamente assustado, Macbeth ouviu-a sem dizer uma só palavra. Nunca tinha visto tanta maldade num rosto humano, nem mesmo no de um guerreiro ao cravar a espada no peito de seu adversário mais odiado, nem mesmo no de um assassino ao torturar sua vítima antes de matá-la, nem mesmo no de um carrasco que está prestes a decapitar um condenado.

– Vamos descer – Lady Macbeth falou calmamente, ao concluir sua invocação. – Vamos nos arrumar para receber nosso egrégio visitante com toda a pompa e tratá-lo com toda a amabilidade. Afinal, ele nunca mais verá a luz do dia!

Capítulo 4

Trama sinistra

Era noite alta quando o rei e seu séquito começaram a subir a encosta da colina onde se erguia o castelo do senhor de Glamis. Estandartes com a figura do leão vermelho, símbolo da Escócia, tremulavam na ponta de longas hastes, e as chamas dos archotes carregados por uns vinte cavaleiros ondulavam ao sabor do vento que soprava suavemente. Um pequeno grupo de arautos precedia a comitiva, tocando trombetas e batendo tambores para anunciar a aproximação do soberano.

– Não me canso de admirar a localização deste castelo – Duncan comentou. – Não sei se é a altitude da colina ou a presença do bosque que torna o ar tão fresco e tão puro. Conheço poucos lugares tão agradáveis como este.

Banquo cavalgava ao lado do monarca e concordou plenamente:

– As andorinhas que o digam. Sua Majestade sabe, melhor do que eu, que elas gostam de ares saudáveis e lugares acolhedores. Pois todo verão elas vêm aninhar no castelo. Amanhã o senhor poderá ver uma quantidade incrível de ninhos construídos nos ângulos das ameias, no alto das torres, nos desvãos das muralhas... Se Macbeth não as espantar, um dia as andorinhas ainda hão de aninhar embaixo de sua cama!

Duncan riu, deliciado com a observação de seu general e, sobretudo, com a perspectiva de uma noitada alegre na companhia de alguns de seus súditos mais queridos. Não podia imaginar que naquela noite o castelo de Inverness estava longe de ser o local agradável que acabava de elogiar com tamanho prazer.

Enquanto a comitiva real prosseguia lentamente, Macbeth, postado junto à janela de seu quarto, contemplava, ansioso, a escuridão que envolvia sua propriedade. E, antes de avistar as luzes dos archotes que avançavam encosta acima, ouviu o toque dos tambores e das trombetas.

– Estão chegando – anunciou.

Sem se abalar com a informação, Lady Macbeth continuou parada diante do espelho, dando os últimos retoques em sua aparência. Primeiro, ajeitou calmamente os cabelos, presos em duas grossas tranças que lhe circundavam a cabeça como uma coroa. Depois, alisou com as mãos a túnica cor de vinho, bordada com fios de ouro no decote alto, nas extremidades das mangas longas e na barra. Por fim, jogou nas costas o manto de seda grená e prendeu-o nos ombros com um par de broches de rubi.

– E se fracassarmos? – Macbeth perguntou, num fio de voz.

Sempre impassível, ela caminhou até a grande arca de madeira que ficava encostada na parede oposta do quarto, abriu-a e dali retirou dois mantos: um de brocado e o outro de seda, na mesma cor de sua túnica. Segurou-os por alguns instantes, um em cada mão, avaliou-os cuidadosamente e decidiu-se pelo de brocado.

– Foi uma boa ideia termos comprado este tecido daquele mercador bizantino – comentou, num tom casual.

– E se fracassarmos? – ele repetiu, muito nervoso.

– Não fracassaremos se fizermos tudo exatamente como combinamos – ela respondeu. E, aproximando-se do marido, tratou de recapitular o plano que haviam tramado horas antes.

– Recebemos Duncan e sua comitiva com o sorriso mais cordial e o olhar mais inocente. Empanturramos nossos queridos hóspedes e, principalmente, os encharcamos de vinho. Cansados da viagem, com a pança cheia e a cabeça zonza, logo hão de mergulhar num sono profundo. Então, tratarei de neutralizar os camareiros do rei, e, assim que eles adormecerem, você fará sua parte. Usando os punhais dos príncipes – ressaltou –, que deixarei na cabeceira de Duncan.

O general abanou a cabeça e, esfregando as mãos, murmurou, como se falasse consigo mesmo:

– Ainda há pouco ele me cobriu de presentes e de honrarias... Graças às oportunidades que ele me proporcionou, pude conquistar prestígio e a estima da corte...

A delicadeza com que Lady Macbeth lhe vestiu o manto de brocado e ajeitou as dobras do tecido contrastava com a expressão dura que alterou suas feições a ponto de enfeá-las.

– Você mereceu e merece muito mais que esses presentes e honrarias! – ela argumentou. – Você conquistou prestígio e a estima da corte por seus próprios méritos, não por decreto de Duncan! Você comandou o exército real e arriscou sua vida muitas vezes para manter a coroa na cabeça *dele*! – exclamou, enfatizando a palavra "dele". – Chegou a hora de se apoderar dessa coroa! – sibilou, com os lábios quase encostados na orelha do marido, como se pudesse, desse modo, infundir-lhe sua coragem, conforme lhe prometera. – Ou será que você tem medo de traduzir seus desejos em ações? – perguntou, após uma breve pausa. – Vai ficar cobiçando o trono a vida inteira, sem fazer nada para ocupá-lo? Parece o gato do provérbio, que está louco para comer o peixe, mas não quer molhar as patas...

Voltando as costas para a janela, de onde acompanhava distraidamente o avanço do séquito real, ele a encarou com um ar aflito e indignado.

– Você não pode dizer isso! – protestou. – Sou um homem corajoso, como todos sabem e como você mesma acabou de me lembrar!

– Sem dúvida! Só que você usa sua coragem no campo de batalha! Para defender a causa alheia. Quero ver você lutar por seus próprios interesses, por *nossos* interesses! A hora não podia ser mais propícia. A oportunidade caiu em seu colo, como uma dádiva. Não há por que hesitar. Vamos descer – concluiu, dirigindo-se para a porta.

– Faça as honras da casa por mim – Macbeth respondeu, sem esboçar sequer um movimento para afastar-se da janela. – Explique a nosso primo que estou acabando de me arrumar.

Ela se voltou e, depois de examiná-lo minuciosamente, acercou-se de novo e fechou o broche de seu manto.

– Agora você está pronto...

– Ainda não. Faltam-me o sorriso mais cordial e o olhar mais inocente...

– Pois trate de arrumá-los logo, para não pôr tudo a perder – ela retrucou rispidamente e saiu do quarto.

Ao se ver sozinho, Macbeth deixou finalmente a janela e aproximou-se do espelho, para ensaiar pela milésima vez a expressão que deveria apresentar a seus ilustres visitantes. Contudo, apesar de seus esforços, não conseguia convencer-se de que estava imprimindo cordialidade a seu sorriso e inocência a seu olhar. Quanto mais se mirava, mais temia que seus propósitos hediondos estivessem estampados em seu rosto, claramente, como nas páginas de um livro, que qualquer um poderia ler.

– Impossível... – suspirou, desalentado. – Ele é meu primo-irmão, e eu lhe quero bem... É meu soberano, e lhe devo lealdade... É meu hóspede, e cabe-me barrar a entrada de um assassino, não lhe cravar, eu mesmo, o punhal... Ademais, ele sempre exerceu o poder com brandura, com justiça, com honestidade... Todos admiram suas virtudes, todos o amam...

Nesse momento, ouviu perfeitamente a voz de sua mulher, questionando-o num tom desdenhoso: "Todos?... E Cawdor? E os rebeldes?".

Virou-se instintivamente, certo de que ela entrara no quarto e se postara a suas costas, mas se deu conta de que a voz só existia em sua cabeça.

– Os rebeldes... – rezingou, sempre pensativo. – Quem eram os rebeldes? – perguntou-se. – Um punhado de vermes que não mereciam sequer rastejar pelo chão que Duncan pisa! Pareciam muitos, porque contrataram uma corja de vagabundos mortos de fome e porque negociaram acordos nojentos com os noruegueses. Bando de traidores miseráveis! – rosnou, esmurrando a palma da própria mão. – Não farei isso! – decidiu.

Entretanto, ao mirar-se mais uma vez no espelho, deparou-se com as palavras proféticas da terceira feiticeira: "Logo serás rei!".

– Não! – gritou, fechando os olhos. – Não posso matar meu parente, meu soberano, meu hóspede! Não posso matar um homem justo, que nunca me fez mal, que, ao contrário, sempre me amou como se ama um irmão! Se cometer esse crime, nunca mais terei paz, nem aqui nem no outro mundo! Não! – gritou novamente e abriu os olhos.

"Logo serás rei!", tornou a ler no espelho.

Assustado, primeiro cobriu o espelho com ambas as mãos e depois o esfregou febrilmente com a borda do manto, até cansar os braços. As palavras continuavam ali, nítidas como se tivessem sido impressas com sangue.

– Pois que se cumpra a profecia – Macbeth resmungou, deixando o quarto.

Capítulo 5

As mãos sujas de sangue

O banquete transcorreu exatamente como os anfitriões planejaram. Toda vez que um dos hóspedes levava à boca o último pedaço de assado ou de torta que tinha no prato, um copeiro atento tratava de servir-lhe mais uma farta porção. E, sempre que uma taça se esvaziava, um escanção corria a enchê-la de vinho. Assim, quando chegou a hora de saborear os manjares e pudins que encerrariam com chave de ouro a lauta refeição, os visitantes estavam absolutamente empanturrados e tão bêbados que não conseguiam manter os olhos abertos. Os serviçais tiveram de carregá-los, um a um, para os quartos onde haviam de passar o resto da noite.

A própria Lady Macbeth se incumbiu de acompanhar os camareiros reais até os aposentos que mandara preparar para o monarca. E, ostentando um zelo que estava longe de sentir, advertiu-os várias vezes, ao longo do trajeto, para que não deixassem o joelho de Duncan roçar na parede ou sua cabeça esbarrar no corrimão da escada que levava ao primeiro andar. Os olhares irritados que os criados pessoais do soberano lhe lançaram a cada uma de suas advertências certificaram-na de que estava desempenhando à risca seu papel de anfitriã preocupada com a integridade física de seu hóspede mais importante.

Depois de abrir a porta do quarto para eles entrarem com sua carga preciosa, recomendou-lhes que despissem o rei com todo o cuidado e o vestissem com a camisola de linho que estava numa cadeira.

– Desculpem-me por fazer tantas recomendações... – pediu, com um jeito irresistivelmente humilde. – Até parece que pretendo ensinar o pai-nosso ao vigário... Imaginem! Sei que vocês são profissionais competentes, mas... é que... não consigo controlar o medo de que nosso amado monarca sofra um arranhão sequer... – acrescentou, tímida como uma colegial repreendida pelo professor. – Assim que o acomodarem, tomem um gole de vinho – propôs-lhes, sorridente. – Está ali – informou, indicando a bandeja sobre a pequena mesa que mandara colocar entre os dois catres da antecâmara. – Boa noite.

Toda a irritação dos lacaios se esvaeceu como por encanto. Eles se curvaram em reverência e assim permaneceram até Lady Macbeth sair e fechar a porta.

– Grande dama! – um deles exclamou, deslumbrado.

– E tem um coração maior que o corpo! – o outro completou.

Do lado de fora, a castelã ouviu seus comentários e sorriu, satisfeita. "Sou realmente uma boa atriz", congratulou-se mentalmente. "Esses paspalhos jamais dirão qualquer coisa que possa levantar suspeitas sobre mim. Ao contrário: hão de me defender, se alguém ousar me acusar do que quer que seja... Mal sabem eles que levarão a culpa! Cumpram bem suas obrigações, meus queridos! E não deixem de tomar o vinho!", ordenou-lhes em pensamento, antes de dirigir-se ao quarto vizinho, onde seus lacaios tinham alojado os filhos do rei. Abriu a porta sem fazer o menor ruído, aproximou-se, pé ante pé, das camas onde os rapazes, inteiramente vestidos, roncavam como porcos, e retirou os punhais de seus cinturões. "Se quem encontrar o corpo não reconhecer estes punhais de imediato, os dois bobocas vão fugir, apavorados, quando derem por sua falta", pensou, tratando de sair tão silenciosamente como entrara. Voltou então para os aposentos de Duncan e, prendendo a respiração para não se arriscar a trair sua presença, espiou pelo buraco da fechadura. Os camareiros já haviam cumprido sua última obrigação do dia e conversavam, sentados em seus catres.

– Todo mundo se encharcou a noite inteira, e só nós ficamos chupando o dedo – um deles choramingou. – Também temos o direito de tomar um pouco de vinho... – Não, senhor – o outro replicou. – Nosso rei pretende partir antes do amanhecer, e precisamos arrumá-lo. "Por isso eu não esperava!", Lady Macbeth resmungou consigo mesma. "Convença-o logo, seu palerma!" – Que mal há em tomar um gole? – o choramingão argumentou. – Um golinho não vai nos fazer perder a hora... – E alguma vez a gente se contentou com um golinho? Como sempre, vamos acabar tomando a jarra inteira... O outro pegou a jarra, colocou-a na palma da mão e avaliou o peso. – Não tem mais que umas quatro canecas... E das pequenas! – concluiu. – Duas canecas para cada um... Acha que dá para nos embriagar?

O camareiro que estava no catre da direita olhou para a jarra, olhou para as canecas e engoliu a saliva que se juntava em sua boca só de imaginar o gosto do vinho. – Beba você! – rezingou, deitando-se para dormir.

Seu companheiro encheu uma das canecas até a borda e bebeu com tanto prazer que, ao terminar, estalou a língua. Foi o quanto bastou para o outro se levantar de supetão e imitá-lo. Assim, em pouco tempo, esvaziaram a jarra.

"Logo vão cair no sono", Lady Macbeth previu. "Coloquei naquele vinho sonífero suficiente para adormecer um gigante."

Com a paciência de quem sabe esperar a ocasião propícia para agir, aguardou até os dois lacaios desabarem em seus catres, como bonecos de pano, e entrou no quarto. Andando normalmente, como se estivesse em seus próprios aposentos, aproximou-se da cama onde o ilustre hóspede dormia o sono profundo dos bêbados, coberto com brancos lençóis de linho, que sugeriam uma mortalha.

"E se eu mesma o matasse?", pensou. "Uma punhalada

na garganta... outra no peito... E aquele grande indeciso ficaria livre de sujar as mãos..."

Chegou a erguer as armas; porém, em vez de mirar os pontos vitais em que as cravaria, fitou o rosto de Duncan.

– Assim, dormindo, ele se parece com meu pai – murmurou.

Sem coragem para desferir os golpes mortíferos, imediatamente largou os punhais na beira da cama e saiu para informar ao marido que podia entrar em ação.

Encontrou-o sozinho no salão, postado junto à longa mesa de carvalho, estendendo as mãos trêmulas como se quisesse pegar alguma coisa que contemplava com os olhos arregalados.

– É um punhal que vejo diante de mim, com o cabo voltado em minha direção? – ele perguntou. – Por que não consigo pegá-lo?

– Porque só existe em sua imaginação – sua mulher respondeu secamente. – Os punhais de verdade estão lá, na cama de Duncan, esperando por você.

Macbeth a encarou por um momento, desvairado, e tornou a fitar o vazio.

– Sumiu... Era uma alucinação de meu cérebro delirante... ou uma visão de meu projeto criminoso... Mas estava aqui, agora mesmo, pingando sangue... apontando o caminho...

– Você já conhece o caminho. Vá logo fazer sua parte.

Ele a encarou novamente e, aprumando-se de tal modo que parecia mais alto do que de fato era, dirigiu-se para a escada como um autômato.

– Se as pedras do chão apagassem meu rastro, não me delatariam, e ninguém saberia aonde estou indo... – suspirou.

Lady Macbeth permaneceu no salão deserto, observando-o, enquanto ele subia os degraus passo a passo, silencioso como a pantera prestes a se abater sobre a presa.

A areia da ampulheta que estava sobre o aparador escorreu lentamente, em minutos longos como horas. Uma coruja piou na distância, várias vezes. Grilos cricrilaram ao longe. Uma voz abafada perguntou: "Quem está aí?". Um grito rouco se fez ouvir por uma fração de segundo. E o silêncio se restabeleceu.

O castelão desceu a escada, os ombros curvos, os braços pendendo ao longo do corpo, os punhais ensanguentados nas mãos.

– Está feito – anunciou, ao entrar no salão.

– Duncan acordou? Foi ele que gritou?

Em vez de responder, Macbeth se aproximou da mesa e jogou-se numa cadeira, sempre segurando os punhais.

– Que triste espetáculo...

– Não pode ser triste um espetáculo que vai lhe render a coroa – sua mulher o corrigiu. – Conte-me como foi.

– Quem está no quarto ao lado?

– Malcolm e Donalbain. Por quê?

O olhar perdido no vazio, o rosto pálido, estranhamente azulado pela luz do luar que se filtrava através dos vitrais, Macbeth contou:

– Um deles riu durante o sono, e o outro gritou: "Assassino!". Os dois acordaram. Fiquei parado no meio do quarto, escutando. Eles rezaram e voltaram a dormir.

– Eles?... Quem? Os camareiros? Os príncipes?

Como se não tivesse ouvido a série de perguntas, o regicida continuou:

– Um deles falou: "Deus nos proteja!", e o outro respondeu: "Amém". Parecia que estavam me vendo, com estas mãos de carrasco... Não fui capaz de dizer "amém", quando ele falou "Deus nos proteja"... E, no entanto, era eu quem mais precisava da proteção divina... Por que o "amém" ficou preso em minha garganta?

– Porque não era você que precisava de proteção...

– Acho que escutei uma voz gritar: "Nunca mais hás de dormir. Mataste o sono" – ele prosseguiu. – Matei o sono?... Como é possível viver sem dormir?... É dormindo que nos recuperamos do cansaço, que deixamos de lado nossas aflições, que curamos nossas feridas... Todas as criaturas precisam dormir... Mas a voz gritou... sim, gritou, estou certo: "Glamis matou o sono, e portanto Cawdor nunca mais dormirá. Macbeth nunca mais dormirá!".

– Ninguém gritou nada disso – sua esposa lhe garantiu; e, ao fazer um gesto para afagar-lhe as mãos, deu-se conta dos punhais. – Para que você os trouxe? – perguntou-lhe, irritada. – Leve-os de volta e coloque-os nas mãos dos camareiros. Não foi o que combinamos?

Macbeth despertou de sua letargia e levantou-se de um salto; tremendo da cabeça aos pés, recuou, como uma fera assustada, até encostar-se na parede.

– Não! – rugiu. – Não entro mais lá... Tenho pavor de pensar no crime que cometi... Não me atrevo a olhar para ele.

Depois de mirá-lo de alto a baixo, com uma expressão evidente de desprezo, sua mulher se acercou para lhe tomar os punhais.

– Como você é fraco! – sibilou. – Eu mesma os levo. Eu mesma besunto os camareiros com o sangue do rei, para que pareçam culpados. Vá lavar as mãos.

Enquanto ela se afastava, resoluta, Macbeth deixou as costas deslizarem parede abaixo até que se sentou no chão. Contemplando tristemente as mãos ensanguentadas, o general murmurou:

– Nem toda a água do oceano bastaria para limpar este sangue... Ao contrário, minhas mãos é que tingiriam o mar de vermelho...

Um ruído seco, vindo dos fundos do castelo, arrancou-o de seus sombrios pensamentos. Ele se levantou, devagar, como um velho, e aguardou, a respiração suspensa, o suor escorrendo-lhe pelo rosto bronzeado.

– A que ponto cheguei... – lamentou-se. – Qualquer barulho me amedronta...

O ruído se repetiu várias vezes, insistente, e o castelão identificou-o como batidas na porta.

– Um visitante?... A esta hora?... – perguntou-se. – Pois, seja quem for, não quero que me veja neste estado lastimável – decidiu.

Lady Macbeth estava no alto da escada, prestes a descer. Porém, ao vê-lo sair do salão, parou onde se encontrava e esperou calmamente que ele se aproximasse em seu passo trôpego. Então lhe mostrou as próprias mãos sujas de sangue.

– Estão da cor das suas... – disse. – Mas, com um pouco de água, nos livraremos de nosso... – interrompeu-se ao escutar a aldrava de ferro golpear a porta de carvalho. – Estão batendo na ala sul. Depressa, vamos para nosso quarto. Vamos lavar as mãos e vestir nossas camisolas. Para todos os efeitos, estávamos dormindo.

– Pudessem essas batidas acordar Duncan... – Macbeth suspirou, deixando-se conduzir como um fantoche.

Capítulo 6

Gritos na noite

Arrastando os pés envoltos em meias furadas, um lacaio sonolento se encaminhou para a porta sul do castelo.

– Já vai! – berrou entre um bocejo e outro. – Isso é jeito de bater? Parece que quer derrubar a porta... – grunhiu. – Quem será o infeliz que veio me tirar da cama? Eu estava sonhando que era um sujeito poderoso...

O criado parou, pensativo, tentando lembrar-se do sonho que as batidas interromperam bruscamente.

– Já vai! – berrou de novo, quando a aldrava, mais uma vez, golpeou a porta. – Lembrei! – exclamou, retomando seu andar vagaroso. – Eu era porteiro do inferno... Um fazendeiro que se enforcou, porque não colheu uma safra tão boa quanto esperava, batia na porta que nem louco, ansioso para entrar... Por que tanta pressa, se ia passar o resto da eternidade naquele calor dos diabos?... Depois, chegou um carola que não saía da igreja, mas traía a mulher, espancava os filhos, não dava esmolas, jurava em falso, caluniava amigos e inimigos... Enfim, era um crápula perfeito... E bateu... bateu... Então, quando apareceu um comerciante que sempre roubava no peso e no troco, acordei com a zoeira do capeta que esse filho de um cão está... – calou-se de repente, ocorrendo-lhe que o "filho de um cão", como dizia, podia ser algum integrante da comitiva real; e, nesse caso, mais lhe convinha ficar de boca fechada.

Com efeito, quando finalmente puxou o ferrolho e abriu a porta sul, o resmungão se deparou com dois cortesãos conhecidos e benquistos em todo o reino por sua coragem e por sua honestidade. Um deles era Macduff, senhor de Fife; e o outro era o senhor de Lennox, aristocrata de velha estirpe.

– Por que demorou tanto? – Macduff explodiu. – Você já não devia estar acordado há muito tempo?

O homem coçou com as juntas dos dedos os olhos vermelhos de ressaca e depois cobriu a boca desdentada com o dorso da mão para esconder mais um bocejo.

– Perdão. A gente entornou todo o vinho que sobrou do banquete e foi dormir muito tarde... – explicou. – Mas... vossas senhorias não estavam lá em cima? – estranhou.

Sem se dignar a responder-lhe, os fidalgos entraram no pequeno vestíbulo da ala sul e, ao atravessar uma parte do salão principal, onde os restos do banquete ainda se espalhavam pela mesa e pelo chão, praticamente esbarraram em Macbeth, que descera a escada de três em três degraus e agora corria a seu encontro. A camisola amarfanhada, o roupão de linho displicentemente jogado nos ombros, os cabelos despenteados constituíam uma demonstração ostensiva de que acabara de despertar.

– O que aconteceu? – ele perguntou, com um ar aflito.

– Aconteceu que acordamos você com nossas batidas... – Lennox falou, dirigindo-lhe um sorriso tranquilizador. – Desculpe, amigo...

– Eram vocês que estavam batendo? – Macbeth surpreendeu-se. – Então... vocês saíram? Aonde foram a esta hora? O que estão me escondendo?

– Nada – Macduff retrucou secamente. – Só viemos ter com o rei. Onde é o quarto dele?

– Eu os levo até lá... – o anfitrião balbuciou e tratou de conduzi-los escada acima. – Mas... vocês podem me dizer onde estavam?

– Na torre da muralha sul – Macduff rezingou, sem esconder a impaciência. – Explique a ele – ordenou a seu companheiro.

– Duncan pretende partir antes de o dia clarear, como

você sabe, e nos incumbiu de acompanhá-lo – Lennox começou. – Por isso nos recolhemos cedo. Você não viu que deixamos a mesa tão logo comemos uma fatia de carne e tomamos uma taça de vinho?

Ocupado em rememorar os passos do plano que estava prestes a executar, Macbeth não os vira sair do salão, porém declarou que sim, realmente, lamentara que tivessem de abandonar um banquete tão delicioso.

– Mas a barulheira não nos permitiu pregar o olho – Lennox continuou. – Mesmo com a porta fechada, ouvíamos tudo. No salão, eram as conversas em voz alta, os risos, a música que seus instrumentistas não paravam de tocar; na cozinha, havia a tagarelice, as gargalhadas escandalosas e a cantoria desafinada da criadagem; nos corredores, era o vaivém dos lacaios que, pelo que entendemos, carregavam os primeiros hóspedes a cair de bêbados – contou, enumerando nos dedos as várias fontes do barulho que os impedira de conciliar o sono.

O pequeno grupo alcançou o topo da escada, dobrou à direita e caminhou pelo corredor até o ponto em que a parede oeste formava uma esquina com a face norte do castelo.

– Como temíamos faltar com nossa obrigação – Lennox prosseguiu –, resolvemos nos vestir e procurar um lugar distante de tamanha algazarra, onde pudéssemos dormir em paz, ainda que fosse por algumas horas apenas. Achamos que a torre da muralha sul podia ser esse lugar, mas nos enganamos redondamente. Que noite de cão passamos lá! O vento uivava como um bando de lobos famintos... A ave das trevas piava sem parar... Tive a impressão de ouvir murmúrios confusos, lamentos, gemidos, gritos... Pensei que tudo isso podia ser o anúncio de assassinatos, incêndios, destruição, desgraças terríveis...

Esforçando-se para não demonstrar sua crescente perturbação, Macbeth pousou a mão no ombro de Lennox e procurou imprimir a sua voz um tom calmo e seguro, para dizer-lhe:

– Você deve ter sonhado, pois não escutei nada disso. Ao contrário, dormi o sono dos justos.

Na esquina do corredor, os três homens novamente dobraram à direita, e, depois de passar por uma meia dúzia de portas, o castelão se deteve.

– É aqui – explicou. – Só que não vou entrar. Não quero que ele me veja nestes trajes... – acrescentou, forjando um sorriso constrangido.

– Pois então volte para a cama – Macduff sugeriu rispidamente, já com a mão no trinco.

O anfitrião estufou o peito, lançou-lhe um olhar carregado de falsa indignação e rosnou:

– Quem você pensa que eu sou, para deixar o rei ir embora sem me despedir?

– Calma! – Lennox interveio. – Ele não falou por mal...

– Pois saiba que não gostei... – Macbeth insistiu e, depois de esperar inutilmente que o senhor de Fife se desculpasse, resmungou por fim, com os lábios crispados: – Vou me arrumar.

Surpresos com sua reação exagerada, os dois fidalgos ficaram parados diante da porta, observando-o até ele sumir na esquina do corredor. Então, como se de repente se lembrassem do que tinham de fazer, entraram nos aposentos do monarca.

Os camareiros dormiam profundamente, sob o efeito do sonífero que Lady Macbeth colocara no vinho. Macduff se abaixou para despertá-los com uns safanões. Porém, antes de tocá-los, viu as manchas de sangue em seus rostos e os punhais ensanguentados em suas mãos.

– Santo Deus! – murmurou.

Uma fração de segundo depois, Lennox também viu as manchas. Assustados, ambos correram até a cama de Duncan e se depararam com um corpo inerte, banhado em sangue, golpeado mortalmente na garganta e no peito.

Por alguns instantes, ficaram paralisados, contemplando o cadáver do soberano com olhos atônitos, incapazes de pronunciar uma palavra ou de esboçar um movimento. Quando conseguiram se recuperar do choque o suficiente para entender que precisavam despertar o castelo inteiro, proclamar o crime e tentar encontrar os culpados, saíram para o corredor e se puseram a bater em todas as portas, gritando, um após o outro:

– Acordem todos! Mataram Duncan!

– Malcolm, mataram seu pai! Acorde!

– Mataram seu pai, Donalbain! Acorde!

– Banquo, acorde! Mataram o rei!

Macbeth estava a alguns metros de seu quarto quando ouviu o primeiro grito. Imediatamente, girou sobre os calcanhares descalços e correu na direção de seus pares.

– O que estão dizendo? – perguntou-lhes, ofegante.

– Mataram o rei! – Lennox repetiu, a voz rouca.

A expressão de perplexidade e consternação com que Macbeth o fitou faria inveja ao melhor ator do mundo.

– Não pode ser verdade... – ele murmurou, balançando a cabeça. – Ah, se eu tivesse morrido uma hora antes desta tragédia, teria vivido feliz! Ah, se...

– Mande soar o alarme! – Macduff o interrompeu rudemente.

Não foi preciso obedecer ao comando do senhor de Fife para que as portas se abrissem e os hóspedes assomassem ao corredor, arrancados de seu sono de bêbados. Um a um, eles rodearam os dois involuntários arautos do regicídio e, na esperança de receber uma resposta negativa, perguntaram-lhes se haviam escutado direito. Macduff e Lennox asseguraram a todos que, infelizmente, seus ouvidos não os enganaram.

A última pessoa a aparecer foi Lady Macbeth, ostentando uma perfeita máscara de dor e umas lágrimas de mentira que já lhe escorriam pelas faces.

– Por favor, digam-me que é um pesadelo... – pediu. – Mataram... o... rei?

– Sim, senhora – Lennox confirmou, profundamente comovido.

– Não acredito! – ela exclamou, cobrindo o rosto com as mãos e soluçando de tal maneira que tremia da cabeça aos pés.

Sem saber o que fazer, os hóspedes olharam em torno, à espera de que o anfitrião tomasse a esposa nos braços e a confortasse. Então se deram conta de que ele se afastara do grupo e puseram-se a chamá-lo, caminhando de um lado para o outro. Quando afinal reapareceu, minutos depois, Macbeth segurava na mão um punhal ensanguentado.

– Matei os camareiros – anunciou. – Se os tivesse matado antes, teria evitado tamanha tragédia. Foram eles que cometeram esse crime hediondo.

– Mas eles não tinham nada contra meu pai... – Malcolm argumentou.

– De fato – Ross concordou. – Serviam o rei desde sua ascensão ao trono e sempre se mostraram competentes e leais.

– Mas nós vimos os punhais nas mãos deles – Lennox retorquiu. – Vimos as manchas de sangue em seus rostos!

– Devem ter agido a mando de alguém – Macbeth sugeriu.

– É o que eu acho – Macduff declarou, fitando o castelão com desconfiança.

– Eu também – Lennox reforçou, fuzilando Malcolm com os olhos.

"Logo serás rei!": as palavras da feiticeira ecoaram na lembrança de Banquo e causaram-lhe um arrepio que, entretanto, apenas seu velho companheiro de batalhas percebeu.

Por uma fração de segundo, os olhares dos dois bravos generais se cruzaram, apreensivos.

"Será que ele suspeita de mim?", Macbeth pensou.

"Será que ele resolveu apressar o cumprimento da profecia?", perguntou-se Banquo.

– Pois então vamos nos vestir e resolver isso em assembleia – Ross propôs.

Satisfeita com o bom andamento de seu plano, Lady Macbeth decidiu que chegara a hora de recolher-se. Não só precisava descansar um pouco para enfrentar o dia extenuante que teria pela frente, como receava que sua alegria comprometesse sua magistral representação de súdita desolada com a morte violenta de seu soberano. Assim, soltou um débil gemido, estendeu os braços para fingir que buscava um ponto de apoio e caiu.

Os fidalgos silenciaram imediatamente e abriram caminho para que Macbeth socorresse a esposa.

– Vou levá-la para o quarto – ele disse, tratando de erguê-la nos braços. – Reunimo-nos no salão dentro de dez minutos.

O pequeno grupo se dispersou rapidamente. Os príncipes e a maioria dos cortesãos se dirigiram a seus respectivos aposentos, a fim de vestir-se para a reunião. Macduff e Lennox desceram para acordar a criadagem e distribuir as instruções necessárias para a realização da assembleia e do cortejo fúnebre que conduziria o corpo do rei a Iona, a pequena ilha da costa ocidental da Escócia, onde tradicionalmente se sepultavam os monarcas escoceses. Bem que gostariam de prestar uma última homenagem a Duncan, lavando-lhe o cadáver e vestindo-o pessoalmente, mas estavam cientes de que não dispunham de tempo para isso.

Não precisaram se dar ao trabalho de soar o alarme para despertar os lacaios, pois seus gritos já os tinham tirado dos catres onde dormiam, nas dependências próximas da cozinha, e eles se aglomeravam, assustados, no vestíbulo. Depois de fazê-los limpar o salão com a maior rapidez possível, os dois fidalgos os organizaram em quatro grupos de tamanhos variados. Ao primeiro grupo ordenaram que preparasse o corpo do monarca; ao segundo, que arreasse os cavalos; ao terceiro, que adornasse a carroça que haveria de transportar o morto para sua última morada. Ao quarto grupo, o mais numeroso, confiaram uma espinhosa missão, a ser cumprida individualmente: comunicar a morte do soberano a todos os párocos das redondezas e a todos os nobres residentes num raio de dez quilômetros, pedir-lhes que difundissem a infausta notícia e convidá-los a integrar o cortejo fúnebre.

Os serviçais se afastavam para executar seus novos afazeres, quando os cortesãos se acomodaram à mesa para decidir o destino do reino. Malcolm e Donalbain não se encontravam entre eles.

Com um gesto, Macbeth chamou um lacaio que passava apressadamente pelo salão e mandou-o avisar aos príncipes que a assembleia os aguardava.

– Os pobres rapazes devem estar transtornados – Lennox comentou, sempre complacente.

– Todos nós estamos, e nem por isso deixamos de cumprir nosso dever – Macbeth replicou. – Um rei não pode se dar ao luxo de ficar transtornado – acrescentou. – Malcolm é o rei agora, não é? Devia estar preparado para enfrentar as adversidades sem se deixar abater.

Antes que alguém pudesse dizer qualquer coisa, o criado voltou com a informação de que o quarto dos príncipes estava vazio.

– Pois então chame seus colegas e tratem de procurá-los! – Macbeth rosnou e em seguida dirigiu-se a seus pares: – Proponho que comecemos a reunião.

– E eu proponho que esperemos Malcolm e Donalbain – Macduff rebateu rispidamente.

Os dois homens trocaram um olhar tão carregado de raiva e de desconfiança que nenhum dos presentes se animou a abrir a boca. Num silêncio pesado, interrompido cá e lá por uma tosse seca, por um suspiro de impaciência ou de tristeza, pelo roçar de uma bota nas lajes do piso ou pelos ruídos distantes dos serviçais azafamados, os seis cortesãos esperaram.

Por fim, o lacaio retornou, esbaforido, e comunicou:

– Os príncipes foram embora, senhor. Um dos guardas contou que eles mandaram baixar a ponte levadiça, porque precisavam ir até Forres, e partiram a todo galope.

– Fugiram! – uns e outros exclamaram em coro.

– Pode ir – Macbeth falou para o criado. – E diga aos outros que retomem suas tarefas.

Assim que o serviçal se afastou, Ross comentou, tão estupefato quanto a maioria de seus pares:

– Então foram eles que mandaram os camareiros matar o rei...

– Bem que eu desconfiava... – disse Lennox. – Desde o momento em que Duncan designou Malcolm como seu sucessor, aquele fedelho começou a agir de um jeito muito esquisito...

– Morto por ordem dos próprios filhos... – Angus murmurou, horrorizado.

– Não tirem conclusões precipitadas – Macduff recomendou. – Primeiro vamos investigar e...

–Não há o que investigar – Ross atalhou. – A fuga é a prova cabal do crime.

– Para mim, a fuga não prova nada – o senhor de Fife insistiu. – Exijo uma investigação...

Macbeth se manteve em silêncio, satisfeito com as deduções dos nobres que não hesitavam em condenar os príncipes, contrariado com a recusa de Macduff em aceitar o que para os outros constituía evidências irrefutáveis, e apreensivo com a atitude de Banquo, que até então se abstinha de expressar sua opinião. "Por que ele não se pronuncia?", perguntou-se.

Como se tivesse lido seus pensamentos, o veterano general finalmente resolveu se manifestar.

– Tudo bem, vamos investigar – assentiu. – Mas, enquanto investigamos, o reino não pode ficar acéfalo.

– Nenhum dos filhos de Duncan pode assumir o trono, pois ambos são suspeitos de homicídio – Angus ponderou.

– De regicídio! – Ross o corrigiu.

– Pior ainda – Lennox interveio. – Ambos são suspeitos de parricídio!

Os comentários indignados sobre a suposta ação dos dois rapazes se sucederam numa sequência que parecia interminável, até que Banquo voltou a lembrar-lhes:

– Senhores, o reino não pode ficar acéfalo. Quem deve receber a coroa da Escócia?

– Macbeth! – Angus, Ross e Lennox responderam a uma só voz.

– Concordo – Banquo declarou, depois de alguma hesitação. – E você, Macduff? O que tem a dizer?

– A coroa cabe a Macbeth, pois ele é o único parente próximo de Duncan sobre o qual não paira nenhuma acusação – Macduff falou, visivelmente contrariado.

Macbeth precisou esforçar-se muito para não deixar cair sua máscara de dor e extravasar a alegria que lhe enchia o coração, a ponto de fazê-lo varrer da memória os crimes que cometera naquela madrugada. Até a cerimônia de investidura, que tradicionalmente se realizava em Scone, um vilarejo situado no coração da Escócia, achava prudente mostrar-se consternado com a morte do homem que assassinara a sangue-frio.

– Está tudo pronto para o cortejo – um criado anunciou.

– Avise a rainha – Macbeth ordenou-lhe e, em seguida, dirigiu-se a seus antigos pares, sobre os quais tinha agora plenos poderes: – Vamos, senhores?

Os cortesãos se levantaram, prestaram-lhe a reverência devida a um soberano legítimo e se encaminharam para a porta norte, onde dariam início à longa viagem até o cemitério real de Iona.

Capítulo 7

Morte por encomenda

Desde que se transferira para sua nova residência, o palácio real de Forres, Macbeth recebera seus antigos pares apenas para tratar de assuntos de estado, em assembleias que se tornavam menos frequentes à medida que se sentia mais seguro. Não demorou a perceber, no entanto, certo descontentamento com seu estilo de governo, cada vez mais autoritário. E, temendo que os poderosos da Escócia viessem a rebelar-se, apesar de toda a sua vigilância, resolveu bajulá-los com um suntuoso banquete de confraternização. Assim, convidou pessoalmente os grandes fidalgos que viviam em castelos das redondezas e enviou mensageiros aos quatro cantos do país para levar o convite a outros nobres importantes. Agora, instalado no trono que conquistara por meio do assassinato, acabava de receber a notícia de que Macduff, um desses nobres, deixara a Escócia.

"Decerto foi se juntar àqueles bastardos para ajudá-los a provar sua inocência e a conquistar aliados para me derrubar", resmungou consigo mesmo. "Deve se considerar mais forte do que efetivamente é, pois nunca se deu ao trabalho de esconder que suspeita de mim. Além de me olhar desconfiado na noite do crime, ainda teve o desplante de faltar à cerimônia da coroação, e só veio ao palácio para participar das assembleias e se opor a minhas decisões. Preciso descobrir seu paradeiro e liquidá-lo, antes que reúna forças para tentar me tirar do trono..."

– Com licença, Majestade – um lacaio interrompeu seus pensamentos. – O general Banquo chegou. E os soldados que o senhor mandou chamar estão esperando lá fora.

— Diga ao general que entre. E, quando ele for embora, conduza os soldados até meu gabinete.

No minuto seguinte, Banquo se apresentou ao monarca e, depois de curvar-se reverentemente, perguntou-lhe com todo o respeito:

— Deseja me falar, senhor?

Macbeth levantou-se do trono, acercou-se do veterano guerreiro e abraçou-o, numa ostensiva demonstração de amizade.

— Deixe de cerimônia, meu caro! — pediu-lhe, sorridente.
— Só quero convidá-lo pessoalmente para o banquete desta noite.

— Muito obrigado, senhor. Seu convite é uma honra para mim — o outro respondeu, sem abandonar a postura rígida. — A que hora Sua Majestade deseja que eu venha?

— Deve ser esta sala que faz você se empertigar como uma lança... Vamos conversar um pouco num lugar mais aconchegante — o soberano lhe propôs, conduzindo-o para uma saleta vizinha, que transformara em seu gabinete particular. — Elas acertaram em cheio as profecias que me fizeram — comentou abruptamente, enquanto se sentava a sua mesa de trabalho e, com um gesto, convidava o visitante a acomodar-

-se no lado oposto. – Portanto, há de cumprir-se também o que disseram a seu respeito. Quando eu morrer, seu filho subirá ao trono, e depois seu neto, e depois seu bisneto, e assim por diante, pelos séculos afora... Um belo futuro, não acha? E uma garantia de que os descendentes daqueles malfeitores não governarão nossa pátria...

Banquo sorriu, descontraindo-se ligeiramente. Agradava--lhe muito imaginar que sua posteridade reinaria sobre a Escócia por gerações a fio; contudo, repugnava-o a ideia de que sua estirpe herdaria um trono manchado de sangue.

– Soube que um deles se refugiou na Inglaterra e o outro foi se acoitar na Irlanda – Macbeth continuou. – Soube também que se esforçam para provar que são inocentes... o que nunca vão conseguir... e andam espalhando histórias estapafúrdias sobre estranhos acontecimentos que estariam relacionados com seu crime. Essas histórias correm de boca em boca e, com certeza, já chegaram a seu conhecimento, não?

– Algumas, sim – Banquo respondeu, bem mais descontraído. – Ouvi dizer, por exemplo, que naquela noite fatídica os cavalos de Duncan arrebentaram as baias, fugiram e, depois de galopar sem rumo, por quilômetros e quilômetros, devoraram-se um ao outro. Que absurdo! – exclamou. – Aqueles cavalos sempre foram extremamente mansos...

– Para você ver até onde vai a imaginação dos parricidas. Eles ficam espalhando balelas, e o povo simples acredita! Já há gente dizendo que essas coisas são prenúncio do fim do mundo...

– Foi o que um de meus criados falou, quando lhe contaram que, na hora em que Duncan era sepultado em Iona, uma coruja atacou um falcão e o matou em pleno voo.

– Outra bobagem... – Macbeth respondeu. – Mas essas histórias não me preocupam... Do mesmo jeito que surgiram, cairão no esquecimento – concluiu e imediatamente mudou de assunto: – O que você pretende fazer até a hora da ceia?

– Acho que vou cavalgar com meu filho.

– Pela floresta?

– Creio que sim.

– Boa ideia! Mas não se canse, meu caro, pois teremos dança e cantoria até altas horas, e quero que você e Fleance se divirtam muito. Afinal, a vida continua, e já está mais do que na hora de tirarmos o luto – acrescentou, levantando-se para indicar que a conversa terminara. – Até à noite.

Retomando sua postura reverenciosa, o general curvou--se novamente diante do soberano e despediu-se em silêncio.

Sozinho em seu gabinete, Macbeth retomou pela enésima vez um raciocínio que o atormentava desde sua ascensão ao trono. "Ser rei não basta, quando não se está tranquilo", pôs-se a dizer consigo mesmo. "E Banquo é um dos motivos para eu não estar. Na noite do crime, ele estremeceu quando sugeri que os camareiros haviam agido a mando de alguém; e, quando nossos olhares se cruzaram por uma fração de segundo, percebi sua desconfiança. Desde então, ele evita me encarar, evidentemente porque teme revelar sua suspeita. Ele não é impulsivo e imprudente como Macduff e quer que a profecia se cumpra. De nada lhe adiantaria me denunciar, pois isso equivale a inocentar os príncipes e a entregar o poder a Malcolm. Se o conheço bem... e acho que o conheço... ele deve estar se sentindo culpado por não mover uma palha para desfazer uma situação ilegítima que acabará por beneficiá-lo. Mas me acusa com sua presença... me acusa com sua ausência... me acusa, o tempo todo, de ter cometido um crime que há de render o trono para seus descendentes... A coroa que as feiticeiras colocaram em minha cabeça é infrutífera, e o cetro que puseram em minhas mãos é estéril, pois não tenho para quem deixá-los. Portanto, foi para a posteridade de Banquo que assassinei meu primo Duncan e entreguei minha alma ao diabo. Mas essa profecia não há de se cumprir! Ele não será pai de reis!"

Macbeth estava tão mergulhado em suas sombrias reflexões que demorou alguns segundos para se dar conta de que alguém batia na porta da saleta.

– Entre – ordenou, distraído.

Dois homens fortes, de espada na cinta e botas empoeiradas, abriram a porta e postaram-se diante do monarca que, num passado recente, os comandara em mais de uma batalha. Muitas e muitas vezes, comprovaram sua coragem e, contudo, nunca obtiveram a merecida promoção, que haveria de proporcionar-lhes um soldo mais substancial e uma posição mais honrosa. A cada combate, seus superiores os elogiavam e prometiam elevá-los a um cargo melhor, porém acabavam por prestigiar outros colegas seus, que eles consideravam menos dignos. Ciente da insatisfação dos soldados, Macbeth tratou de direcioná-la contra Banquo. Assim, contou-lhes que, em várias ocasiões, sugerira promovê-los, mas seu velho companheiro de lutas se opusera terminantemente.

– Eu não podia impor minha vontade à de um general veterano como ele – mentiu. – Vocês entendem, não?

– Claro – um deles resmungou.

– Entendemos perfeitamente! – o outro declarou.

– Da mesma forma, não pude impedir que ele os punisse severamente por falhas irrelevantes, que exigiam apenas uma reprimenda – o rei continuou. – Você se lembra de quando foi acusado injustamente de roubar a ração de um colega e passou uma semana na masmorra a pão e água? – perguntou a um dos homens. – Pois foi Banquo que lhe impôs o castigo – mentiu novamente. – E você, com certeza, não se esqueceu das cinquenta chibatadas que levou no lombo só porque demorou a cumprir uma ordem dele – disse ao outro. – Pois agora eu lhes ofereço a oportunidade de se vingar de todas as ofensas que sofreram calados por anos a fio... Basta que me prestem um importante serviço.

– Que serviço? – os dois perguntaram ao mesmo tempo.

Em vez de responder imediatamente, Macbeth lhes forneceu mais uma explicação:

– Assim como vocês, tenho motivos de sobra para acabar com Banquo. Ele também é meu inimigo. Eu poderia varrê-lo da face da terra com um simples gesto. Não faço isso em consideração à memória de Duncan, que o estimava muito, e a certos amigos comuns, que não quero magoar. Se estão dispostos a eliminá-lo, receberão uma polpuda recompensa, que lhes permitirá depor as armas e ir viver em paz, com todo o conforto e toda a segurança, em outro país. O que me dizem?

Os soldados se entreolharam, perplexos, e refletiram em silêncio por alguns instantes.

– Não tenho nada a perder – um deles declarou.
– Nem eu! – o outro garantiu.
– Muito bem – o soberano falou. – É preciso que vocês ajam esta noite mesmo. Banquo e o filho dele, Fleance, pretendem cavalgar pela floresta, para matar o tempo até a hora do banquete – informou-lhes. – É lá que vocês devem liquidá-los.

– Liquidar os dois?... – os homens se surpreenderam.

– Sim. Não tenho nada contra o rapaz, mas, vocês entendem, se ele sobreviver, há de querer vingar a morte do pai... – Macbeth esclareceu. – Não deixem rastro – recomendou-lhes.
– E depois me esperem no pavilhão de caça. Agora vão.

Capítulo 8

O intruso invisível

Totalmente iluminado por centenas de tochas, o palácio real de Forres resplandecia na noite estrelada como um farol no meio do oceano. No salão de festas, a prataria disposta sobre a mesa brilhava à luz de uma profusão de velas; um grupo de músicos executava uma alegre melodia; e um batalhão de lacaios, enfileirados junto à parede, apenas aguardava ordens para servir as iguarias que os cozinheiros começaram a preparar na véspera do faustoso acontecimento. Postados na entrada do salão, portando suas coroas e seus mantos ricamente bordados, o rei e a rainha recebiam os convidados, um a um, e lhes davam as boas-vindas.

O primeiro a chegar foi o senhor de Ross, acompanhado pela esposa, uma matrona robusta e corada, e pelos três filhos varões, adolescentes tímidos com espinhas no rosto e uns fios de barba apontando no queixo. Momentos depois, Lennox, solteirão inveterado, e seu irmão caçula se apearam diante do palácio. Estavam cumprimentando seus anfitriões, quando cinco carruagens pararam em fila no pátio interno. Delas desceram Angus e sua família numerosa, que incluía os sogros, alguns cunhados e vários sobrinhos. Por fim, chegaram Menteith e Caithness, fidalgos que moravam no extremo norte da Escócia e fizeram uma viagem estafante para participar do banquete com suas respectivas esposas e proles.

O tempo todo, Macbeth se esforçava para disfarçar o ligeiro tremor de suas mãos. Pouco antes de iniciar-se a grande festa, tinha ido se avistar com os soldados no pavilhão de caça, como combinara, e fora informado de que eles liquidaram o general, porém Fleance escapara. Os homens contaram que, ao vê-los sair de seu esconderijo entre os arbustos, de arma em punho, Banquo gritou para o filho: "Fuja! Fuja, para poder me vingar mais tarde!". E o rapaz obedeceu de imediato. O soldado que pretendia golpeá-lo ainda correu em seu encalço, mas não conseguiu alcançá-lo. Então, furioso por ter perdido a presa, voltou para junto de seu companheiro e ajudou-o a acabar de matar seu antigo comandante, com vinte punhaladas no rosto, no pescoço e no peito. Por fim, os assassinos arrancaram--lhe a corrente de ouro, o anel e o punhal, para simular um assalto, e jogaram o corpo numa vala. Considerando que não lhe convinha desagradar esses sicários violentos, Macbeth pagou-lhes a recompensa prometida e ordenou que deixassem o reino imediatamente. Quando eles se retiraram, demorou-se ainda algum tempo no pavilhão, refletindo sobre tais acontecimentos. Sentiu-se aliviado por se livrar para sempre da presença acusadora de Banquo e não via motivo para preocupar-se com a fuga de Fleance. Logo descobriria o paradeiro do rapaz e trataria de providenciar um assalto ou um envenenamento para aniquilá-lo, antes que ele viesse a constituir uma ameaça. "Tudo corre às mil maravilhas", pensou. Entretanto, não estava contente. Ainda tinha a sensação de que um dedo invisível continuava apontando-o e de que uma sombra sinistra pairava sobre seu trono. As palavras que a feiticeira dirigira a Banquo no dia da vitória – "Serás pai de reis!" – voltaram a ressoar em sua mente e não cessavam de martelar-lhe o cérebro, como as batidas implacáveis de um tambor.

Apesar de suas apreensões, ele recebeu os convidados com seu sorriso mais amável e conduziu-os à mesa com uma desenvoltura digna do melhor anfitrião.

– Acomodem-se, amigos – pediu-lhes.

– Banquo não vem?

Macbeth agradeceu intimamente a Ross por formular essa pergunta, que o poupou do esforço constante para dissimular o tremor das mãos e lhe permitiu atribuir seu nervosismo à

preocupação com a demora do velho companheiro de armas.
– Ele já devia ter chegado – respondeu. – Esteve aqui antes do entardecer e disse que ia cavalgar um pouco. Espero que seu atraso não se deva a nenhum problema! Prefiro censurá-lo por falta de pontualidade a lamentá-lo por causa de uma desgraça!
– Vire essa boca para lá! – a rainha interveio. – Decerto ele resolveu descansar e pegou no sono. Vamos dar início ao banquete. Sentem-se, por favor.

As regras de etiqueta rezavam que os anfitriões ocupassem as extremidades da mesa e os convivas se posicionassem nas laterais, tanto mais perto dos donos da casa quanto mais alto se situassem na escala social. Macbeth, porém, resolveu dar uma demonstração de humildade e pediu a um dos mais obscuros nobres da corte que lhe cedesse seu lugar no meio da mesa e fosse acomodar-se à cabeceira. No entanto, quando se preparou para sentar-se, viu outro homem ocupar a cadeira e fitou-o, imóvel, o suor escorrendo-lhe pela testa.

Todos os presentes, atônitos, dirigiram o olhar para a cadeira e, não vendo ninguém, perguntavam-se o que o teria assustado a ponto de paralisá-lo.

– O que está fazendo aqui? – Macbeth gritou, desvairado, para o intruso que se materializava somente para ele. – Você morreu! Morreu, ouviu bem? E não pode dizer que fui eu... Vá embora! Vá embora!

Cada vez mais aturdidos, os hóspedes se entreolharam e fizeram menção de levantar-se, enquanto os criados permaneciam estáticos em seus postos, tão amedrontados que mal se sustentavam nas próprias pernas.

Esforçando-se para superar a perplexidade, Lady Macbeth pediu aos convivas que se mantivessem em seus lugares e rapidamente tratou de inventar uma explicação para a estranha conduta do monarca.

– Meu marido sofre desses ataques desde sua juventude, e eu já estou acostumada – falou. – Felizmente são acessos passageiros, que até agora não lhe causaram nenhum dano. Ele já vai voltar a si, e, se vocês o estiverem encarando desse jeito, há de ficar tão constrangido que é capaz de ter outro ataque. Portanto, comam e procurem agir com naturalidade – recomendou-lhes e, com um gesto, ordenou aos lacaios que começassem a servir o banquete. – Eu cuido dele.

Enquanto os convidados se desdobravam para "agir com naturalidade", a anfitriã se aproximou do marido e se pôs a enxugar-lhe o suor com seu delicado lenço de cambraia. Sabia que ele pretendia eliminar Banquo e o filho, mas ignorava que decidira agir naquela noite. Assim, acreditava que, atormentado pelo remorso, Macbeth estivesse vendo o fantasma de Duncan e temia que, em seu delírio, ele acabasse por confessar seu crime diante de todos.

– Controle-se, ou vai pôr tudo a perder! – cochichou-lhe no ouvido e, elevando ligeiramente a voz, disse-lhe num tom quase maternal: – Calma, meu velho... Não há ninguém ali... É só uma cadeira vazia...

Macbeth fitou a esposa com uma expressão de puro pavor e, em seguida, como se o intruso invisível o chamasse, dirigiu-se novamente para a cadeira.

– Suma daqui! – berrou com uma voz rouca, que parecia sair de suas entranhas, e, alguns instantes depois, desabou sobre a cadeira, como um fardo sem vida. – Ele foi embora... – anunciou.

A rainha afagou-lhe os cabelos suados e, com um suspiro de alívio, retomou seu lugar à cabeceira da mesa. Então ergueu a taça e perguntou tranquilamente:

– A que vamos brindar?

Já plenamente refeito, o rei também ergueu sua taça e propôs que brindassem à paz entre os homens, à prosperidade da Escócia e à saúde de Banquo. Contudo, no momento em que pronunciou o nome do general, deparou-se mais uma vez com o espectro e levantou-se de um salto, completamente fora de si.

– Quer lutar comigo? – gritou. – Pois tome a forma de um urso... de um rinoceronte... de um tigre... Não vou fugir da luta! Mas essa forma... essa forma... não! Vá embora! Vá embora!

O espectro se esvaeceu, e novamente Macbeth se jogou sobre a cadeira. Seu desvario perturbara os convidados a tal ponto que eles deixaram a mesa e, despedindo-se apenas com uma ligeira reverência, começaram a retirar-se. Uns, mais sentimentais, interpretavam o chocante episódio como uma comovente manifestação do afeto que o monarca nutria por Banquo e pensavam que a ausência do amigo o transtornara tanto que o levara a ter alucinações. Outros, mais realistas, se perguntavam se um homem dado a tais acessos preenchia os requisitos necessários para conduzir os destinos do país.

Depois de acompanhar os hóspedes até a porta, desmanchando-se em pedidos de desculpas e prometendo um festim para breve, a rainha dispensou os criados e voltou para perto do marido.

– Que vergonha! – repreendeu-o, indignada. – Falar com um fantasma...

– Não era um fantasma. Era ele, em carne e osso, com o sangue escorrendo pela cara abaixo... Antigamente, quando se matava alguém, era para sempre. Mas agora os mortos se levantam do túmulo e vêm nos acusar... Isso é mais estranho que o crime em si...

– Ainda bem que você não revelou esse crime. Mesmo assim, aposto que muita gente saiu daqui com a pulga atrás da orelha. Já pensou nas consequências que seu delírio pode acarretar?

– Haverá sangue! – Macbeth murmurou, segurando entre as mãos a cabeça empapada de suor. – Dizem que sangue atrai sangue.

– Acho que você não está em condições de discutir. Falaremos sobre isso amanhã – sua mulher retrucou secamente, antes de se retirar.

– Amanhã bem cedo vou procurar as feiticeiras – ele decidiu, sem se dar conta de que agora estava sozinho no salão. – Preciso que me contem mais coisas... Não tenho medo de descobrir o pior pelos piores meios... Estou mergulhado num mar de sangue, e só me resta avançar, pois é impossível retroceder. O que está feito não pode ser desfeito...

Capítulo 9

Aparições proféticas

Assim que o dia clareou, Macbeth levantou-se da cadeira onde havia passado a noite sem pregar os olhos, deixou o salão de festas e, depois de atravessar um corredor imenso, saiu pelos fundos. Um dos homens que montavam guarda na porta do palácio imediatamente abandonou seu posto e acompanhou-o, porém ele o dispensou com um simples gesto e, a passos largos, cruzou o pátio, em direção aos estábulos. Então selou pessoalmente seu cavalo, que ainda dormia na baia mais ampla, e rumou, a todo o galope, para a estrada que ligava Forres ao condado de Fife, onde havia derrotado os rebeldes de Cawdor e as tropas norueguesas que os ajudavam.

Após percorrer alguns quilômetros, torcendo intimamente para encontrar as feiticeiras e, ao mesmo tempo, prestando atenção a qualquer novidade que surgisse na paisagem, notou uma fumaça negra por entre as árvores que margeavam a estrada. Sem hesitar, embrenhou-se na floresta e não tardou a deparar-se com as três bruxas agrupadas em torno de uma fogueira. Percebendo que elas estavam prestes a iniciar um ritual, apeou-se do cavalo a certa distância e acercou-se lentamente, sem fazer barulho. Então ouviu-as cantarolar com suas vozes fanhosas:

Três vezes miou o gato malhado,
Três vezes mais uma grunhiu o ouriço,
Assim nos mandando o breve recado:
"Depressa, depressa, é hora do feitiço".

A fumaça negra se dissipou como por encanto, e as chamas brotaram, impetuosas, escondendo quase por completo as hastes de um tripé de ferro, do qual pendia um enorme caldeirão. As feiticeiras se puseram a cantar e a dançar ao redor do fogo, enquanto jogavam no caldeirão coisas que tiravam do nada e que iam nomeando, uma a uma. De quando em quando, entoavam um curioso refrão, e a mistura se mexia sozinha e borbulhava, desprendendo um vapor avermelhado e malcheiroso.

O sapo que antes no brejo vivia,
Dormindo debaixo da pedra tão fria,
Veneno vertendo, de noite e de dia,
É quem neste instante solene inicia
A grande receita de nossa magia!
E mexe e ferve no caldo espesso
E vira o mundo inteiro pelo avesso.
Com todo o cuidado e muito esmero
Juntemos agora nosso tempero.
Língua de cobra, ferrão de escorpião.
Pelo de morcego, focinho de cão,
Dente de lobo, tripa de tubarão,
Pata de rã, olho de camaleão.
E mexe e ferve no caldo espesso
E vira o mundo inteiro pelo avesso.
Rabo de lagarto, escama de dragão,
Fígado de bode, asa de falcão,
Sangue de macaco, juba de leão,
Bico de coruja, chifre de bisão!
E mexe e ferve no caldo espesso
E vira o mundo inteiro pelo avesso.

Tendo lançado todos os ingredientes no caldeirão, as bruxas pronunciaram umas palavras estranhas e voltaram-se calmamente para Macbeth, como se já o esperassem.

– Salve! – disseram em coro e, acenando-lhe com as mãos esqueléticas, convidaram-no a aproximar-se.

– Estamos prontas para resolver tuas dúvidas – a primeira feiticeira anunciou.

– Queres ouvir as respostas de nossas bocas... – a segunda começou.

– ... ou de nossos superiores? – a terceira completou.

Ante a possibilidade de se ver frente a frente com criaturas ainda mais poderosas, Macbeth estremeceu, ao mesmo tempo fascinado e receoso, porém respondeu sem titubear:

– De seus superiores.

As feiticeiras circundaram mais uma vez o caldeirão, fecharam os olhos e, virando as mãos abertas alternadamente para cima e para baixo, entoaram uma secular invocação:

Vinde, forças soberanas!
Das nuvens altas baixai,
Ou erguei-vos das entranhas
Desta terra dos mortais
E de um pobre ser humano
O futuro desvendai.

Mal terminaram a cantiga, o céu escureceu, um trovão ribombou ensurdecedoramente, e uma cabeça de homem, coberta por um capacete de ferro, emergiu do caldeirão.

Pálido de espanto, Macbeth recuou um passo e, fitando a tétrica aparição com olhos apavorados, balbuciou:

– Diga... quem...

– Ela sabe o que queres perguntar – a primeira feiticeira interrompeu-o bruscamente. – Escuta em silêncio.

Com uma voz aterradora, que ecoou pela floresta, a cabeça pronunciou o nome de Macbeth três vezes e falou:

– Cuidado com Macduff! Cuidado com o senhor de Fife!

A advertência confirmou as suspeitas do rei e, assim, infundiu-lhe uma satisfação mórbida, que teve o dom de dissipar o espanto e o medo.

– Eu sabia! – ele exclamou. – Macduff nunca escondeu que me detesta. Quando faltou a minha coroação, demonstrou que desconfia de mim. E, agora que deixou o país, deve estar tramando minha queda. Preciso acabar com ele e com toda a sua raça – rugiu e, voltando-se para a cabeça, começou a perguntar: – Onde se encontra aquele...

Não conseguiu, porém, concluir a frase. Um segundo trovão ribombou, com um estrondo ainda mais ensurdecedor, e a cabeça se diluiu no vapor avermelhado. Um bebê ensanguentado, como se tivesse acabado de sair do ventre materno, levantou-se do caldeirão borbulhante. Ele também repetiu três vezes o nome de Macbeth e falou:

– Sê sanguinário, ousado e decidido. Zomba à vontade do poder do homem, porque ninguém que nasceu de mulher poderá te fazer mal.

Interpretando essas palavras como uma garantia de invulnerabilidade, o monarca riu e gritou, exultante:

– Não tenho o que temer! Pode tramar à vontade, Macduff!

Mas logo o riso morreu em seus lábios, e uma dúvida se instalou em sua mente: se ninguém podia fazer-lhe mal, por que a primeira aparição lhe recomendara que tomasse cuidado com o senhor de Fife?

Macbeth abriu a boca para exigir uma explicação, porém nesse instante o bebê ensanguentado se dissolveu no nada. Um terceiro trovão ribombou com tamanho estrondo que a terra estremeceu. Um menino coroado, segurando uma árvore na mão, ergueu-se do caldeirão e, sem pronunciar nenhuma vez o nome do soberano, falou:

– Sê corajoso e arrogante. Não dês ouvidos a queixas ou protestos, nem te preocupes com rebeliões. Só serás vencido quando a floresta de Birnam subir a colina de Dunsinane e marchar contra ti.

Novamente exultante, Macbeth soltou uma sonora gargalhada. Sentiu-se seguro, inteiramente livre para governar a Escócia como bem entendesse e impor sua vontade a todos os seus súditos. No entanto, ainda tinha uma dúvida que precisava esclarecer.

– E os descendentes de Banquo? – perguntou. – Serão reis? O menino coroado lançou-lhe um olhar enigmático e se desfez no ar, como uma bolha de sabão.

– Não procures saber mais nada – as feiticeiras disseram.

– Como, não? – ele protestou. – Vocês acham que sujei as mãos para que os filhos e os netos daquele desgraçado ocupem meu trono? Isso não pode acontecer! Não pode! Façam surgir...

Um ruído seco, semelhante ao de uma explosão, interrompeu-o. O caldeirão desapareceu diante de seus olhos, e músicos invisíveis se puseram a tocar uma marcha solene.

– Vinde! – as bruxas pediram, em coro. – Mostrai-vos!

Um após outro, oito reis atravessaram a clareira lentamente, sem pousar os pés na relva, as coroas brilhando à luz das chamas, os mantos flutuando no vazio. O oitavo rei portava um espelho, no qual se refletia uma dinastia inteira. Um homem com os cabelos ensanguentados caminhava atrás deles e, ao passar diante de Macbeth, sorriu-lhe por entre os cortes profundos que retalhavam seu rosto e, com o dedo, apontou-lhe os monarcas.

– Banquo! – Macbeth gritou, horrorizado. – São... seus... descendentes?

Os músicos tocaram mais forte, e o estranho desfile se evaporou. As feiticeiras se deram as mãos e dançaram em círculo, freneticamente, até sumir, levando com elas a escuridão que se instalara em pleno dia.

Sozinho na clareira deserta, onde não restavam sequer as cinzas da fogueira, Macbeth demorou muito tempo para recuperar a capacidade de raciocinar e entender que precisava retornar ao palácio.

Capítulo 10

O massacre dos inocentes

O sol começava a deslocar-se na direção do horizonte, quando o senhor de Ross se apeou no pátio interno do castelo de seu primo Macduff, no condado de Fife, e entrou apressadamente.

Ao ouvir seus passos, uma mulher jovem e bonita deixou a saleta próxima ao vestíbulo, onde o aguardava havia horas, e correu a seu encontro.

– Você demorou... – queixou-se, fitando-o com os olhos vermelhos de tanto chorar, e, sem esperar que o recém-chegado justificasse seu atraso, perguntou: – Você tem notícia de meu marido? Sabe onde ele está?

Em vez de responder, Ross beijou as mãos da prima; depois, tratou de reconduzi-la à saleta e, como se temesse que algum espião escutasse a conversa, fechou a porta.

– Acabamos de receber a informação de que ele está na Inglaterra – revelou, por fim.

– Acabamos?... – ela se surpreendeu. – A quem mais você se refere?

– Ao rei e a meus pares.

Com efeito, Macbeth acabara de descobrir o paradeiro de Macduff e reunira os nobres da corte para ordenar-lhes que se mantivessem em estado de alerta, prontos para mobilizar suas tropas a qualquer momento. Acreditava que o senhor de Fife partira para a Inglaterra com a intenção de convencer o soberano inglês a fornecer-lhe os recursos necessários para conduzir o herdeiro de Duncan ao trono da Escócia. E tinha plena consciência de que, se isso acontecesse, os dois países inevitavelmente entrariam em guerra.

– Então... o rei... vai mandar... prendê-lo? – Lady Macduff balbuciou, cada vez mais assustada.

Sem encontrar palavras para tranquilizá-la, Ross se limitou a afagar seus cabelos, de um dourado luminoso, que lhe caíam em desalinho pelas costas.

– Ele não devia ter fugido – Lady Macduff continuou, torcendo nervosamente seu lenço encharcado de lágrimas. – Quem foge sempre é considerado culpado. Não foi o que aconteceu com os príncipes?

Vislumbrando no comentário da prima uma excelente oportunidade para tentar mudar de assunto, Ross mais que depressa perguntou:

– Você acha que os príncipes são inocentes?

– Acho que eles deviam ter sido julgados, antes que todo mundo os acusasse. Daqui a pouco vão começar a dizer que meu marido é um traidor, ou um conspirador, ou até mesmo o assassino de Duncan...

– Ninguém há de dizer isso, minha cara. Todos sabem que Macduff é honesto e leal. Se partiu de repente, sem explicar nada a ninguém, nem a você, com certeza teve um motivo muito sério.

– E que motivo tão sério havia de ser esse, para abandonar a família ao deus-dará?

Ross olhou para os lados, receoso, e, certificando-se de que ainda estavam sozinhos na saleta, com a porta fechada, sussurrou:

– Acho que... ele não estava mais aguentando os desmandos de Macbeth.

– E por que não nos levou com ele? Por quê?... Por quê?... – Lady Macduff perguntou, pondo-se a chorar convulsivamente.

Comovido, Ross abraçou-a carinhosamente. Mais de uma vez, pensara em deixar a Escócia, e até agora não movera uma palha para passar do pensamento à ação. Ponderava que, se levasse consigo a esposa e os filhos, teria necessariamente de viajar mais devagar, e o monarca tomaria conhecimento da fuga antes de atravessarem a fronteira. Se abandonasse a família, como seu primo fizera, Macbeth certamente o puniria, trucidando seus entes queridos.

– Procure se acalmar e aguarde – pediu-lhe. – Logo há de receber notícia dele, você vai ver – acrescentou, sem demonstrar grande convicção.

Lady Macduff se desvencilhou de seus braços e sorriu amargamente, por entre as lágrimas que lhe banhavam o rosto desde a fuga do marido.

– Espero que não seja a notícia de sua morte... – murmurou, antes de entregar-se a suas tristes conjecturas.

Considerando que havia esgotado seus argumentos para consolar a prima e temendo cair em desgraça, se descobrissem que estava no castelo do homem execrado por Macbeth, Ross aproveitou a pausa na breve conversa para despedir-se.

Assim que ele se retirou, Lady Macduff sentiu, de repente, todo o cansaço que a angústia dos últimos dias lhe causara e resolveu subir para seus aposentos a fim de procurar repousar um pouco, ao menos fisicamente. Ao sair da saleta, porém, deparou-se com seus filhos, que esperavam diante da porta. O rosto ansioso das crianças e sobretudo seu olhar aflito comoveram-na profundamente, fazendo-a esquecer a própria fraqueza. Evidentemente, haviam escutado a conversa, pois o menino mais velho perguntou:

– O papai é traidor?

– Ele é cons... conspi... – o caçula gaguejou e, como não conseguisse pronunciar a palavra que ouvira a mãe dizer momentos antes, reformulou a questão: – Ele é essa coisa que você falou?

– Você recebeu a notícia da morte dele? – o garoto do meio quis saber.

Esforçando-se ao máximo para conter as lágrimas, Lady Macduff se ajoelhou, abraçou os filhos e beijou ternamente as três cabeças loiras como um trigal.

– Não – declarou com toda a simplicidade e explicou a cada um dos meninos: – O papai não é um traidor. Também não é um conspirador. E eu não recebi a notícia da morte dele.

– O que é um traidor? – o caçula perguntou-lhe.

– Eu sei! – o primogênito se antecipou. – É alguém que jura uma coisa e não cumpre o juramento, e por isso deve ser enforcado. Não é, mamãe?

Lady Macduff sorriu, apesar de toda a sua tristeza, e respondeu:

– É mais ou menos isso.

– E o que é um cons... conspi...? – o caçula gaguejou novamente.

– Um conspirador é alguém que planeja uma coisa às escondidas para prejudicar outra pessoa.

– Ele também devia ser enforcado? – o filho do meio perguntou.

– Nem sempre – disse a mãe. – Se conspira para derrubar um tirano, ou seja, um governante injusto e malvado, por exemplo, ele merece prêmio, e não castigo.

Um repentino tumulto no pátio interno interrompeu a conversa. Vários homens berravam ao mesmo tempo, e o barulho que produziam indicava uma briga corporal.

Curiosos para saber o que estava acontecendo, os meninos correram para o vestíbulo. Lady Macduff os seguiu, assustada, e deparou-se com um desconhecido que se debatia furiosamente, distribuindo cotoveladas e pontapés, para libertar-se dos guardas que o seguravam e que, por sua vez, revidavam com murros e tabefes. Ao vê-la, o homem gritou, quase sem fôlego:

– Fuja, senhora! Fuja, pelo amor de Deus!
– Mas... quem é você? – ela perguntou.
– Um leal servidor de seu marido – o desconhecido respondeu. – O rei mandou assaltar o castelo e matar todos os que aqui estiverem – acrescentou, às pressas. – Fuja com seus filhos e com quem puder levar!

Nem bem o homem terminou de falar, um grupo de soldados invadiu o pátio interno e, abrindo caminho a golpes de espada, entrou no vestíbulo. Lady Macduff abraçou as crianças e não conseguiu dar um passo, imobilizada pelo terror.

Capítulo 11

O teste da verdade

O príncipe Malcolm estava eufórico. Finalmente, convencera o soberano inglês a mobilizar um contingente de dez mil homens para ajudá-lo a destronar o usurpador da coroa que, por direito, lhe pertencia. Para o sucesso de sua causa, contribuíram muito as notícias inquietantes que chegavam da Escócia, com frequência cada vez maior. Mensageiros de nobres que se opunham veladamente a Macbeth se encarregavam de transmiti-las, e escoceses comuns, que iam se refugiar no país vizinho, reforçavam-nas com relatos estarrecedores dos desmandos do tirano.

Uma das informações mais chocantes dizia respeito ao que acontecera durante o banquete malogrado no palácio real de Forres. Muitos ingleses identificaram o espectro como o de Duncan e interpretaram o delírio de Macbeth como uma prova decisiva de que ele havia matado seu antecessor. Muitos, porém, viram no episódio uma demonstração de insanidade mental e se compadeceram de seus vizinhos, governados por um louco.

Nada, no entanto, causou tanta indignação na Inglaterra como a notícia da morte de Banquo, cuja fama de guerreiro destemido e súdito leal havia ultrapassado a fronteira. Mensageiros e refugiados contaram que, nas primeiras horas do dia seguinte ao banquete, um lenhador encontrou na floresta o corpo de um homem com o rosto desfigurado por uma dezena de punhaladas. Disseram que foi possível identificá-lo graças ao medalhão que os assassinos deixaram cair ao fugir e que trazia estampado o brasão do general. Explicaram que o fato de os homicidas terem lhe arrancado as joias e o punhal cravejado de pedras preciosas indicava um assalto, mas a violência com que o esfaquearam sugeria um ato de vingança. Para completar o horror, acrescentaram que, ao tomar conhecimento do crime, Macbeth se limitou a ordenar que transportassem o defunto para seu castelo, no norte da Escócia, e o entregassem a seus lacaios, para que o enterrassem.

Foi, portanto, num clima de intensa comoção e grande movimentação de tropas que o príncipe Malcolm se avistou com o senhor de Fife pela primeira vez desde o assassinato de Duncan. Estava deitado na relva de um arvoredo próximo ao palácio real, descansando um pouco de seus múltiplos afazeres, quando viu as patas de um cavalo avançarem em sua direção e deterem-se a meio metro de distância. Supondo que o cavaleiro fosse algum dos capitães ingleses designados para ajudá-lo em sua luta, levantou-se de imediato, mas, ao reconhecer o homem que se apeou da montaria e o saudou com uma reverência digna de um rei, instintivamente levou a mão à espada.

– Foi Macbeth que o enviou?

Visivelmente surpreso e ofendido com a reação do príncipe, Macduff endireitou o corpo e respondeu:

– Sua Alteza não me faria essa pergunta se soubesse que o tenho afrontado desde que ele subiu ao trono.

– Tudo o que sei é que você não foi à coroação.

– Assim como não fui ao banquete de congraçamento, e assim como só entrei naquele palácio para participar das assembleias que ele convocou, e que não foram muitas – o senhor de Fife completou. – A esta altura, Macbeth deve ter convocado mais uma, pois decerto já foi informado de que fugi de nossa terra para vir ajudar Sua Alteza. Só que... subestimei sua capacidade... – acrescentou, com um ligeiro sorriso. – Vejo que fez tudo sozinho. Parabéns! Agora só posso lhe oferecer minha vontade de lutar e minha determinação de derrubar o tirano que oprime nosso povo.

Depois de ter sido acusado de parricida por seus próprios

compatriotas, depois de ter penado para provar sua inocência perante a corte inglesa, o príncipe não se sentia nem um pouco inclinado a acreditar na sinceridade de qualquer nobre poderoso da Escócia e relutou em aceitar os préstimos de Macduff.

– Sei que você não morre de amores por ele, mas sei também que tem família – falou. – Imagino que não gostaria que sua mulher se tornasse mais uma das tantas viúvas que hoje choram em nossa terra, nem que seus filhos ficassem órfãos, como tantos outros.

– Realmente, eu não gostaria. Mas tenho certeza de que eles se orgulharão de mim, se eu morrer defendendo a causa da justiça.

– Não seria melhor poupá-los de tamanho sofrimento? – Malcolm rebateu. – Bastaria você me entregar nas mãos de Macbeth para se redimir de todas as possíveis ofensas que lhe tenha feito... Os antigos não costumavam sacrificar um cordeiro inocente para aplacar a ira de um deus?

– Não sou traiçoeiro.

– Mas ele é. E nada me garante que, pelo bem de sua família, você não tenha cedido a uma ordem daquele assassino.

Macduff fitou-o nos olhos, longamente, e por fim suspirou, descorçoado. Pensando que de nada adiantara ter arriscado a própria vida e colocado em perigo a segurança de seus entes mais queridos, resmungou rispidamente:

– Passe bem, Alteza.

Ao vê-lo virar as costas e dar um passo na direção do cavalo que pastava à sombra do arvoredo, Malcolm resolveu mudar de tática.

– Perdão – pediu-lhe, num tom subitamente humilde. – Não tive a intenção de ofendê-lo. Ao contrário, se demonstrei desconfiança, foi para afastá-lo de uma luta inglória, que só lhe causará decepção.

Surpreso, o senhor de Fife se deteve a meio caminho entre o príncipe e sua montaria e se voltou.

– O que quer dizer com isso? – perguntou.

– Quero dizer que não vale a pena lutar por mim. Quando eu subir ao trono da Escócia... se subir... nosso povo há de sentir saudade de Macbeth.

A declaração lhe pareceu tão absurda que Macduff riu e, abanando a cabeça, murmurou:

– Que disparate...

– Você não me conhece, meu amigo – Malcolm insistiu.

– Tenho todos os vícios do mundo e, se nunca os demonstrei abertamente, foi por medo de ir parar na masmorra ou até mesmo na forca. No entanto, quando eu for rei, nada poderá me deter. Uma das coisas que mais me fascinam é a perspectiva de possuir impunemente todas as mulheres que me apetecerem, queiram elas ou não... E pouco me importa que nenhum marido, nenhum pai, nenhum irmão consiga dormir tranquilo.

O riso morreu nos lábios carnudos de Macduff, e ele se aproximou, absolutamente perplexo. Sempre vira o príncipe como um moço virtuoso, um sonhador capaz de amar uma donzela sem nunca lhe revelar seus sentimentos, um romântico capaz de manter-se fiel a sua paixão até a morte.

– A libidinagem desmedida pode ser uma forma de opressão – filosofou. – Mas não faltam mulheres livres e desimpedidas que se sentirão honradas em se deitar com um rei tão jovem e fogoso – assegurou-lhe.

– Concordo com você, mas elas não serão suficientes para saciar minha cobiça, que, aliás, não se limita às fêmeas – Malcolm ressalvou. – Quero riqueza... muita riqueza! Quando eu for rei, não hesitarei em matar todos os nobres da Escócia para me apoderar de suas terras, de seus castelos, de suas joias... Quanto mais tiver, mais vou querer ter... Acho até que chegarei a invadir outros países só para aumentar meus tesouros...

– E quem irá comandar seu exército? – o senhor de Fife interrompeu-o.

O príncipe ficou em silêncio por alguns instantes, tentando encontrar uma resposta convincente.

– Contratarei mercenários – afirmou.

"E esse idiota é o legítimo herdeiro da coroa...", Macduff pensou, exasperado. "Não há como fazer justiça sem conduzi--lo ao trono... Porém, deve haver um meio de controlar seus desvarios..."

– Os mercenários o roubariam, e os soberanos dos países invadidos se uniriam para bani-lo da face da terra – argumentou. – Para governar em paz, Sua Alteza terá de refrear a luxúria e a cobiça e tratar de compensá-las com outras virtudes.

– Que virtudes? Tendo todos os vícios do mundo, não me sobra espaço para justiça, honestidade, temperança, firmeza, generosidade, misericórdia, humildade, paciência, coragem e outras qualidades que enobrecem qualquer ser humano e dignificam um rei... É por isso que lhe digo: não vale a pena lutar por mim...

– Não vale mesmo! – o senhor de Fife explodiu. – Tenho pena dos dez mil homens que estão se preparando para matar e morrer por sua causa! Tenho pena da família que deixei para defender seus direitos! Tenho pena da Escócia, que está prestes a passar do jugo de um déspota sanguinário para o domínio de um imbecil que não consegue enxergar além do próprio umbigo! Tenho pena de seus pais, que puseram no mundo um verme como você!

Rubro de raiva, Macduff mais uma vez virou as costas e correu para seu cavalo, que continuava pastando na relva fresca. Antes, porém, que colocasse o pé no estribo, o príncipe o alcançou e, em vez de mostrar-se ofendido com as palavras duras que acabara de ouvir, sorriu-lhe, exultante.

– Ah, meu amigo, sua indignação é a prova de que eu precisava! – exclamou, rouco de emoção. – Desculpe-me por testá-lo dessa forma. Depois de tudo o que me aconteceu, aprendi a desconfiar até de minha própria sombra...

– Então... foi... um teste?

– Foi... – o príncipe confirmou. – Não sou um anjo, mas estou longe de ser o diabo que lhe pintei... Pode acreditar que farei o possível e o impossível para governar bem, com sua ajuda e a de todos os escoceses honrados. Juro por Deus! – acrescentou, erguendo a mão espalmada para o céu.

Sem conseguir emitir um único som para expressar sua alegria, seu alívio, sua disposição redobrada de lutar, Macduff apenas fechou por um segundo os olhos transbordantes de lágrimas, agradeceu mentalmente à divina providência por não frustrar sua última esperança de salvar a Escócia e curvou a cabeça diante do homem que em breve seria seu soberano.

Capítulo 12

Marcha para a fronteira

Os dez mil homens que o monarca inglês colocara à disposição do herdeiro de Duncan ultimaram os preparativos para o grande confronto e deram início à longa viagem, que os obrigaria a percorrer quase seiscentos quilômetros. Durante o dia, a imensa coluna avançava lentamente, passando ao largo de pacatas aldeias, contornando austeros castelos e viçosas plantações, atravessando prados e bosques, vadeando riachos cristalinos e cruzando velhas pontes de pedra que se estendiam sobre rios profundos. Ao cair da noite, as tropas estacionavam em campo aberto, os soldados acendiam fogueiras para preparar a comida, armavam tendas para os comandantes, e logo todos dormiam como pedras, para retomar a marcha ao amanhecer.

À medida que se aproximava dos montes Cheviot, a fronteira natural entre a Escócia e a Inglaterra, o contingente passou a deparar-se com um número cada vez maior de escoceses que faziam o trajeto contrário, fugindo da violência desenfreada que tomara conta de seu país. Entre os refugiados havia fidalgos que temiam ter o mesmo fim de muitos de seus pares; camponeses que viram seus casebres incendiados só porque se situavam nas terras de um nobre que caíra em desgraça; artesãos que se recusavam a fabricar armas para seu despótico soberano. Havia crianças sozinhas, jovens chorosas com os filhos nos braços, velhos que se arrastavam, sem ter quem os amparasse. E havia soldados desertores. Alguns pretendiam começar uma vida nova em sua nova pátria e, assim, prosseguiam sua caminhada em silêncio, evitando encarar os homens contra os quais teriam sido obrigados a lutar. Outros, porém, imploravam ao príncipe Malcolm que os deixasse combater a seu lado.

– Nossa vitória é certa – um deles declarou, sentindo-se já parte integrante das forças que iam invadir seu país. – Tantos chefes foram mortos e tantos de meus companheiros fugiram, como eu, que o exército de Macbeth se reduziu consideravelmente – explicou. – Para manter o que restou, ele está ameaçando matar a família de quem desertar.

Quando perguntou a um velho conterrâneo se a situação na pátria mãe estava tão insuportável que levara tanta gente a abandonar suas casas, Macduff recebeu uma resposta desoladora:

– Já não se pode chamar nossa pobre pátria de mãe. A Escócia se transformou num enorme cemitério. A cada dia que amanhece, aumenta o número de viúvas e de órfãos, e novas dores ferem a face do céu. Quando os sinos dobram, ninguém mais pergunta por quem, e a vida dos homens honrados já não tem o menor valor.

Todos os refugiados com quem o príncipe e o senhor de Fife conversaram atribuíram a terrível piora na situação da Escócia ao espectro que assombrara Macbeth na noite do banquete malogrado. Acreditavam, como muitos ingleses, que Duncan voltara do túmulo para obrigar o regicida a denunciar o próprio crime. E, assim, achavam que, uma vez desmascarado, o usurpador não tinha mais por que tentar camuflar sua crueldade e passara a eliminar seus opositores abertamente.

Na verdade, a nova linha de ação de Macbeth se relacionava com as profecias das aparições, que, em seu segundo encontro com as feiticeiras, incutiram-lhe uma segurança praticamente ilimitada. A cabeça coberta por um capacete de ferro aconselhara-o a tomar cuidado com o senhor de Fife, porém o bebê ensanguentado dissera que nenhum homem nascido de mulher poderia fazer-lhe mal, e o menino coroado que segurava uma árvore na mão lhe garantira que sua derrota só ocorreria quando a floresta de Birnam subisse a colina de Dunsinane. Certo de que nem uma coisa nem outra poderia acontecer, Macbeth se sentira inteiramente livre para implantar um regime de força que não admitia sequer um suspiro de protesto. Em meio a sua indignação, Macduff notou que muitos fugitivos evitavam encará-lo ao contar-lhe as novidades, enquanto outros o fitavam com muita pena. "Algo de ruim aconteceu com minha família", pensou, estremecendo, como se um raio o tivesse atingido.

– Primo! – uma voz o chamou.

Surpreso, o senhor de Fife olhou na direção da voz e se deparou com um homem sujo e maltrapilho, conduzindo uma carroça carregada de feno.

– Ross?... – perguntou, sem acreditar no que via.

– Foi o único jeito que encontrei para sairmos daquele inferno – o outro explicou, apontando para a mulher e os três filhos, que estavam praticamente mergulhados na carga de feno.

– Já soube de muita desgraça – Macduff comentou, desolado. – Qual é a última?

– A última é sempre a penúltima. Mal começamos a nos recuperar de um choque, levamos outro.

– Mas... minha família está bem?...

Ross emudeceu. Temia que o primo tivesse sido morto por um dos sicários de Macbeth e ficara tão feliz ao vê-lo que, por um momento, se esqueceu da triste notícia que haveria de lhe dar. Para ganhar tempo, simulou um ataque de tosse e, depois, como se não tivesse ouvido a pergunta, informou:

– Macbeth já sabe que vocês estão se aproximando e se transferiu para Dunsinane. Certamente, acha que vão marchar contra Forres e resolveu surpreendê-los na metade do caminho. Ele perdeu boa parte de seu exército e contratou muitos mercená...

– O que aconteceu com minha família? – Macduff o interrompeu, no auge da impaciência.

75

Sem outra alternativa, Ross lhe contou tudo o que sabia. Havia tomado conhecimento de que Macbeth ordenara ao capitão de sua guarda pessoal que reunisse um grupo de homens para invadir o castelo do senhor de Fife e trucidar todos os que lá encontrassem. Também fora informado de que o tirano estava tão furioso com Macduff que, não satisfeito com o massacre de sua família e seus servidores, decidira exterminar todos os seus parentes e amigos.

– Por isso me disfarcei de camponês, escondi minha mulher e meus filhos nesse monte de feno e fugi – o fidalgo completou.

Primeiro foi a incredulidade que impediu Macduff de pronunciar uma só palavra. Depois foi a dor, aguda como se lhe cravassem uma faca na garganta, que o fez soltar um gemido rouco. Por fim, foi o ódio que o levou a erguer os punhos cerrados e gritar com uma voz assustadora:

– Morte a Macbeth!

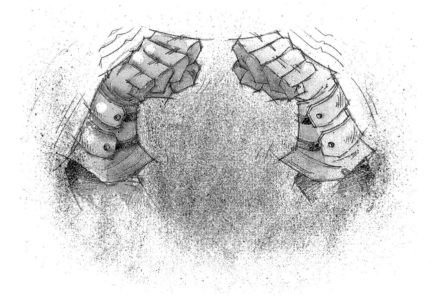

Capítulo 13

A mancha indelével

Por duas noites consecutivas, o médico da corte permaneceu postado na antecâmara dos aposentos reais, aguardando inutilmente para testemunhar um fato estranho, que lhe fora relatado pela dama de companhia da rainha. Agora, ao ser convocado para mais uma vigília, ele relutou em abrir mão de seu sono e colocou em dúvida o relato da aia.

– Você tem certeza de que não sonhou? – perguntou-lhe.

– Absoluta! – ela lhe assegurou. – Eu estava deitada, mas não conseguia pregar os olhos. Tenho dormido aqui, na antecâmara, desde que o exército montou acampamento no vale e o rei praticamente se mudou para lá...

– Sim, já sei – o médico rezingou, mal-humorado.

– De repente, percebi que ela se levantou – a dama continuou. – Pensei que ia precisar de mim e achei esquisito que não me chamasse, mas pulei da cama imediatamente. Quando entrei no quarto, notei algo de anormal e fiquei parada, só observando. A rainha se sentou diante da mesa que tem utilizado em geral como toucador e eventualmente como escrivaninha, tirou um papel da gaveta, dobrou-o e rabiscou não sei o quê. Depois leu com atenção o que havia escrito, selou o papel com seu sinete particular e voltou para a cama. Fez tudo isso com os olhos bem abertos, mas me pareceu que não estava acordada.

Era a terceira vez que o médico ouvia a mesma história, contada da mesma forma, com os mesmos detalhes, e não podia mais ter dúvida de que a aia efetivamente presenciara uma crise de sonambulismo.

– Eu fiquei impressionada – a dama prosseguiu –, mas achei que não era o caso de incomodar o senhor. Afinal, isso nunca tinha acontecido... que eu saiba... Pensei que talvez ela tivesse acordado e se lembrado de alguma coisa importante, que resolveu anotar logo, para não esquecer de novo. Pensei também que podia estar preocupada com a guerra iminente e decidiu deixar recomendações escritas sobre o destino de seus bens, se... – a aia se interrompeu, como se temesse pronunciar a palavra "morrer", e, um instante depois, retomou seu relato: – Nas quatro noites seguintes, a rainha dormiu tranquila... Eu é que praticamente não fechei os olhos, vigiando... Na quinta noite, ela se levantou de novo e saiu do quarto, esfregando as mãos, aflita, e falando, falando... Fui atrás, pé ante pé, mas, quando chegou à escada, ela voltou para seus aposentos e se deitou. Parecia que tinha tido um pesadelo daqueles de tirar o sono. E, no entanto, me deu a impressão de que não estava acordada... Por fim, quando a história se repetiu, há três noites, decidi verificar se ela estava mesmo dormindo e a chamei. Não obtive resposta. Coloquei-me em sua frente, e ela simplesmente não me viu, apesar de estar com os olhos abertos. E nessa noite, também, ela esfregava as mãos convulsivamente e falava, falava... Foi aí que eu resolvi contar tudo ao senhor – concluiu.

– Tudo, não – o médico a corrigiu. – Você ainda não me contou o que a rainha falou...

Assustada, a dama de companhia fez o sinal da cruz, com um gesto rápido, e exclamou:

– Deus me livre e guarde de abrir a boca! Não tenho coragem de contar o que ouvi nem a meu confessor...

Nesse momento, Lady Macbeth afastou as cobertas e se levantou. Depois de vestir um roupão, pegou o castiçal que ficava sobre uma mesinha ao lado da cama e, passando por seus observadores sem os ver, deixou o quarto. O médico e a aia aguardaram alguns instantes e a seguiram; desceram a escada, atravessaram o saguão e saíram para o pátio interno, onde havia um pequeno chafariz. Quando a rainha se deteve junto à fonte, pararam a cerca de meio metro de distância e viram-na depositar o castiçal no chão e começar a lavar as mãos, esfregando-as uma na outra com uma impaciência crescente.

– Fora, mancha maldita! – ela resmungou. – Fora, estou mandando! – insistiu, elevando a voz. – Fora! – gritou, por fim, debruçando-se sobre a água que corria sem cessar pela tosca bica de pedra. – O inferno é escuro... – lamentou, porém logo se aprumou para criticar alguém asperamente: – Que vergonha, meu senhor, que vergonha! Um soldado com medo... Não precisamos ter medo! Ainda que todos saibam, ninguém pode nos punir... Porque estamos acima do bem e do mal! Porque somos poderosos!

Com base nas suspeitas que ninguém na corte se atrevia a verbalizar e que, entretanto, se evidenciavam nos olhares furtivos e nas atitudes desconfiadas de praticamente todos os que conviviam de perto com o casal real, o médico não demorou a deduzir que a sonâmbula se dirigia ao marido.

– Mas quem haveria de imaginar que ele tinha tanto sangue?... – Lady Macbeth se perguntou. – Ah, estas mãos nunca hão de ficar limpas?... – suspirou. – Controle-se! – ordenou à pessoa invisível que o doutor identificara como o rei. – Quer estragar tudo com seus desvarios? – acrescentou e, depois de aproximar as mãos do nariz, murmurou, desalentada: – Ainda cheiram a sangue... Nem todos os perfumes da Arábia conseguiriam tirar este cheiro...

Profundamente chocada com o discurso desconexo, que equivalia a uma confissão de culpa, a dama de companhia cochichou para o médico:

– Hoje ela falou bem mais que nas outras noites.

– E nós ouvimos bem mais do que deveríamos – ele completou, irritado por não ter como provar a confirmação das suspeitas partilhadas não só pelos membros da corte, mas também pela maioria de seus compatriotas. – Cuidado, ela está se voltando! – alertou. – Vamos sair da passagem.

De fato, Lady Macbeth se virou lentamente e, num passo trôpego, afastou-se do chafariz. A meio caminho entre a fonte e a porta do saguão, deteve-se e estendeu as mãos molhadas para o marido, que só ela via.

– Para a cama... – chamou-o. – Estão batendo – avisou. – Para a cama... O que está feito não pode ser desfeito... Para a cama...

Os dois observadores a acompanharam até seu quarto e se postaram na antecâmara, aguardando que ela se deitasse.

– Graças a Deus que não carrego um peso desses no coração... – a aia sussurrou, persignando-se mais uma vez. – De que adianta ter tanta riqueza, tanto poder, se não se consegue dormir em paz?...

– Atos contrários à natureza provocam transtornos que também contrariam a natureza... – o doutor filosofou. – Acho que ela precisa mais de um padre que de um médico... Tudo o que me cabe fazer é recomendar-lhe que retire de perto dela qualquer objeto que possa machucá-la e nunca a deixe sozinha – disse para a dama de companhia. – Boa noite.

Capítulo 14

Uma estratégia brilhante

Os últimos nobres da corte que, à custa de chantagem e ameaças, Macbeth ainda mantinha sob seu jugo desertaram ao tomar conhecimento de que as forças inglesas acabavam de acampar na floresta de Birnam e levaram seus soldados com eles. Tinham absoluta certeza de que, com suas fileiras minguadas, compostas basicamente de mercenários, o tirano jamais conseguiria derrotar um exército que partira da Inglaterra com dez mil homens e chegara ao coração da Escócia com mais de doze mil, tantas foram as adesões que recebera pelo caminho. Assim, já não temiam que suas famílias fossem trucidadas, como a de Macduff, e sentiam-se livres para obedecer à voz de sua consciência.

Sabiam que o príncipe Malcolm comandava as tropas, juntamente com seu tio Siward, conde de Northumberland, e com o bravo senhor de Fife. Sabiam também que o contingente incluía um grande número de jovens imberbes, que logo pisariam num campo de batalha pela primeira vez na vida. E sabiam, principalmente, que todos, desde os guerreiros veteranos até os novatos inexperientes, lutariam com empenho, convictos de que estariam defendendo a causa da justiça.

Ao aproximar-se do acampamento inglês, os chefes escoceses ergueram os braços, para ordenar a seus soldados que os aguardassem ali, e se apearam. Então, rumaram para uma tenda armada no limite da floresta e, avistando o príncipe em seu interior, saudaram-no com uma profunda reverência.

– Alteza, viemos oferecer nossos préstimos a quem os merece por direito – Lennox declarou solenemente.

Graças às numerosas ofertas semelhantes que recebera durante sua longa marcha, Malcolm já se livrara da desconfiança que o fizera testar a lealdade de Macduff. Assim, não hesitou em incorporar a seu exército as forças dos generais que, num passado recente, haviam servido a seu pai.

– Seus préstimos são muito bem-vindos – disse-lhes e, depois de convidá-los a entrar, perguntou: – Macbeth sabe quantos somos?

– Ele desconhece o número exato, pois nós mesmos nos incumbimos de confundi-lo, passando-lhe informações desencontradas – Caithness explicou.

– Mas ele não ignora sua inferioridade numérica – Angus ressalvou. – Tanto que reuniu os homens que lhe restaram e está fortificando o castelo de Dunsinane.

– Que já é uma fortaleza quase inexpugnável – o príncipe ponderou. – Não será fácil tomá-la...

Nesse momento, o conde de Northumberland, o senhor de Fife e Ross entraram na tenda, retornando de sua inspeção às tropas, e, ao deparar-se com os novos desertores, cumprimentaram-nos efusivamente.

– É bom saber que vocês também abandonaram o tirano – Macduff comentou.

– A adesão de figuras tão importantes como vocês significa um grande passo para a vitória – Siward acrescentou.

– Não somos tão importantes como o senhor diz – Caithness retrucou –, mas estamos dispostos a lutar até a última gota de sangue para pôr fim ao reinado de terror que aquele demônio instituiu em nossa pobre pátria.

– Só não viemos antes porque ele ameaçou matar nossas famílias – Menteith informou.

– Assim como matou a minha – o senhor de Fife murmurou, cabisbaixo.

Depois de fuzilar Menteith com um olhar carregado de censura, Ross estendeu a mão para tocar o ombro do primo, num gesto de solidariedade, porém não completou o movimento. "Nada poderia confortá-lo", pensou, deixando os braços penderem ao longo do corpo.

Para romper o clima de tristeza e constrangimento que se instalou na tenda, o conde de Northumberland resolveu mudar de assunto:

– Ouvimos dizer que Macbeth enlouqueceu.

– É o boato que corre – Lennox replicou. – Mas não acho que seja verdade. A meu ver, ele só está possuído de fúria guerreira. É natural...

– Pois eu acho que ele está maluco, sim – Caithness atalhou. – Ainda hoje, quando vínhamos para cá, um soldado que também resolveu desertar nos contou uma coisa muito esquisita... Ele estava de guarda no salão do castelo e falou que, ao receber a notícia de que o tínhamos abandonado, Macbeth gritou: "Pois que desertem todos! Não tenho medo de ninguém! Sei, da fonte mais segura, que nenhum homem nascido de mulher poderá me fazer mal".

Ao ouvir essas palavras, Macduff levantou a cabeça e fitou Caithness em silêncio. Seus lábios se arquearam num leve sorriso, e uma luz estranha brilhou em seu olhar.

– Eu acredito que ele falou isso em desespero de causa, para manter a seu lado os poucos que ainda lhe obedecem por covardia ou por dinheiro – Angus opinou.

– Também acho que se trata de uma estratégia –

Menteith concordou. – Assim como aquela história estapafúrdia que ele não se cansa de repetir desde que as deserções aumentaram.

– Que história? – Siward perguntou.

– Macbeth vive dizendo que, segundo uma profecia que lhe fizeram, só será vencido quando a floresta de Birnam subir a colina de Dunsinane e marchar contra ele.

Até então o príncipe se mantinha pensativo, aparentemente alheio à conversa que se desenvolvia a seu redor, mas, ao escutar o relato de Menteith, exclamou de repente:

– É isso! A floresta vai subir a colina!

Um misto de medo e de pasmo tomou conta de todos os presentes. Será que o homem pelo qual pretendiam lutar dentro em breve acreditava em tamanho absurdo?

– Macbeth se enfurnou no castelo porque sabe que não tem como nos derrotar em campo aberto – Malcolm começou a expor seu raciocínio como se estivesse pensando em voz alta.

– No entanto, se a floresta de Birnam avançar para Dunsinane, só lhe restarão duas alternativas: render-se, o que não creio que vá fazer, ou sair para nos enfrentar. E então cairemos em cima daquele exercitozinho dele como uma manada de búfalos sobre um bando de ratos – concluiu e, ao perceber a perplexidade de seus bravos guerreiros, soltou uma boa risada. – Não, eu não estou doido – tranquilizou-os. – Minha estratégia é muito simples: quero que cada soldado corte um galho da floresta de Birnam e o carregue diante do próprio corpo, quando marcharmos contra Dunsinane – explicou. – Assim, vamos desentocar nosso rato e... cumprir a tal profecia que lhe fizeram... Ele vai se sentir derrotado antes mesmo de começar a lutar...

Os outros se entreolharam, aliviados por constatar que o príncipe não havia enlouquecido, como chegaram a pensar, e, ao mesmo tempo, alegremente surpresos. Nunca esperavam que, com sua pouca idade e sua parca experiência de batalhas, Malcolm concebesse uma estratégia tão brilhante, que tinha tudo para dar certo.

Capítulo 15

Uma floresta em movimento

Cansado de receber notícias de deserções, Macbeth reuniu um grupo de mercenários, cuja lealdade comprara a preço de ouro, e ordenou-lhes que percorressem todo o castelo, de ponta a ponta, para ouvir as conversas dos soldados e executar sumariamente quem se atrevesse a falar em derrota ou demonstrasse medo.

Assim que os homens saíram, chamou seu escudeiro, Seyton, um velhote que o servia desde quando era apenas o senhor de Glamis, e lhe perguntou se havia novidades sobre a situação do exército que haveria de tentar atacá-lo.

– O inimigo acampou na floresta de Birnam e parece que está se preparando para avançar – o escudeiro comunicou.

– Já sei onde o inimigo acampou, idiota! E não me venha com nenhum "parece". Quero dados precisos. Como, por exemplo, o número exato das tropas, que até agora nenhum dos incompetentes que me cercam conseguiu me informar.

– São mais de dez mil, senhor.

– Mais de dez mil coelhos assustados como você?

– Não, senhor. São mais de dez mil homens – Seyton esclareceu, com uma paciência que era fruto unicamente do medo.

– Esse número é um exagero – Macbeth rosnou. – Trate de checá-lo. E depois traga minha armadura.

– Ainda não é necessário vestir a armadura, Majestade.

– Não pedi a sua opinião! Agora vá cumprir minhas ordens, seu palerma!

85

O pobre escudeiro prestou-lhe uma breve reverência e obedeceu, com a maior presteza que suas pernas trêmulas lhe permitiram.

Sozinho na sala que usava como seu gabinete particular desde que se transferira para Dunsinane, o soberano se deixou cair pesadamente numa cadeira de espaldar alto e procurou descansar um pouco antes de dar início às operações que, acreditava, rechaçariam o adversário em questão de horas. "Essa façanha será minha glória", pensou. "Hei de reinar até morrer de velho, e ninguém, em tempo algum, ousará contestar minhas decisões. Serei senhor absoluto deste país. E, no entanto, tenho plena consciência de que não encontrarei em ninguém aqueles sentimentos que ajudam a tornar a velhice confortável: respeito, amor, obediência, amizade... Ao contrário, continuarei rodeado, até o fim, pelos mesmos sentimentos que agora pouco me afetam, mas que, no futuro, quando eu estiver enfraquecido pela idade, talvez até me tirem a vontade de viver: ódio, malevolência, desejos de vingança... e adulação... muita adulação... Os que me traíram vão rastejar a meus pés, se sobreviverem, mas eu os mandarei para o patíbulo!"

Tão absorto estava que demorou alguns segundos para se dar conta de que Seyton entrara no gabinete e resfolegava como um cavalo, curvado sob o peso da arca onde guardava a cota de malha, a couraça e o capacete de ferro.

– Trouxe-lhe a armadura, senhor – o escudeiro avisou, depositando a arca no chão.

– Deixe aí. E vá dizer aos soldados que mandei desfraldar os estandartes nas muralhas do castelo e que os proíbo de anunciar a todo instante a aproximação do inimigo. Explique para aqueles poltrões que estão numa fortaleza inexpugnável. Tudo o que precisam fazer é atirar flechas contra os malditos que têm a pretensão de nos atacar e escaldá-los com água fervente. Os que escaparem desse tipo de morte hão de bater em retirada, mas, se insistirem em continuar nos sitiando, vão morrer de fome ou de sede. Se não tivessem recebido o reforço dos miseráveis que deveriam estar aqui a meu lado, iríamos ao encontro deles em campo aberto.

Seyton chegou a abrir a boca para lembrar-lhe que, mesmo sem "o reforço dos miseráveis", o contingente adversário passava de dez mil homens, porém achou mais prudente não mencionar esse dado.

– Transmitirei sua mensagem, Majestade – limitou-se a dizer, antes de retirar-se mais uma vez com seu passo miúdo e lento.

Ansioso para verificar se as tropas inimigas de fato se aproximavam, o rei atravessou um longo corredor, subiu uma escada estreita, mergulhada na penumbra, e postou-se na torre mais alta do castelo. Durante muito tempo, observou atentamente o vale que se estendia ao redor da colina e a floresta que se erguia mais além. E, não avistando sinal de movimentação, resolveu voltar para o gabinete e, enfim, descansar um pouco.

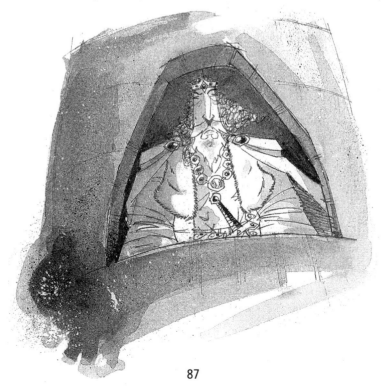

Entretanto, ao descer a escada, ouviu gritos de mulher e quase se surpreendeu por não se abalar. Havia praticamente esquecido o gosto do medo e recordou-se, sem saudade, de uma época recente, em que um único grito no meio da noite bastava para apavorá-lo. Agora, saciado de horrores, já não sentia a menor emoção ante a perspectiva de tomar conhecimento de uma nova desgraça e seguiu seu rumo, como se não tivesse ouvido nada. Estava a meio metro do gabinete quando se deparou com Seyton, que, tropeçando nas pernas curtas e frágeis, procurou correr a seu encontro.

– A rainha... morreu... – o velhote anunciou, ofegante. – Tirou... a vida... com as próprias mãos...

Macbeth se deteve e lançou-lhe um olhar estranho, que, em vez de fixar-se em seu rosto aflito, parecia pousar num vazio distante.

– Ela devia ter esperado para morrer. Amanhã talvez fosse mais adequado... – murmurou. – Amanhã... O amanhã se arrasta lentamente... dia após dia... até a última sílaba do livro da memória... e então se esfarela na poeira da morte... – suspirou. – A vida é apenas uma sombra que passa... um pobre ator que se pavoneia e se agita no palco durante algum tempo e depois cai no esquecimento... uma história contada por um idiota, cheia de som e de fúria, significando... nada...

– Não entendo, senhor – o escudeiro balbuciou, pasmo com o que acabava de ouvir.

O rei o fitou com um sorriso amargo nos lábios e, se pretendia lhe explicar o sentido de suas palavras, não teve a oportunidade de fazê-lo, pois um soldado esbaforido atravessou o corredor ruidosamente para comunicar-lhe uma novidade estarrecedora.

– A flo... a flo... res... ta, Ma... jes... Majes... tade! – gaguejou.

– Fale direito, imbecil! – Macbeth esbravejou, abandonando completamente suas reflexões. – O que tem a floresta?

O soldado se esforçou para recuperar o fôlego e, visivelmente apavorado, contou que estava de guarda na torre norte e, de repente, ao olhar para os lados de Birnam, teve a nítida impressão de que a floresta começava a se movimentar.

Sentindo o sangue gelar em suas veias, Macbeth vacilou. Um medo antigo, que julgava sepultado na parte mais profunda de seu cérebro, apertou-lhe a garganta a ponto de tirar-lhe a fala e como que colou seus pés no chão. Contudo, em questão de segundos, ele conseguiu reunir energia suficiente para correr até a escada, que havia descido um minuto antes, e subir os degraus de três em três. Então, lá do alto da torre, avistou o que lhe pareceram ser milhares de árvores, avançando pouco a pouco na direção da fortaleza, que até esse momento considerava inexpugnável. A profecia do menino coroado que, segurando uma árvore na mão, emergira do caldeirão das feiticeiras, na manhã seguinte ao banquete malogrado, ecoou em sua mente: "Só serás vencido quando a floresta de Birnam subir a colina de Dunsinane e marchar contra ti".

Capítulo 16

A batalha final

Ao ouvir o toque das trombetas, soldados que se encontravam nos mais diversos locais do castelo correram para o portão principal. Os que estavam de vigia nas ameias das muralhas, prontos para disparar uma chuva de flechas e pedras sobre o contingente que iria atacá-los, desceram as escadas aos trambolhões. Os que estavam no porão, terminando de afiar espadas, machados e lanças, recolheram as armas a toda pressa e subiram ao rés do chão. Os que descansavam em seus cubículos subterrâneos, depois de uma longa vigília, levantaram-se aturdidos e seguiram os colegas, ainda sem entender bem o que acontecia.

Em pouco tempo, o amplo espaço existente entre as muralhas e o edifício principal do castelo se revelou pequeno para comportar tantos homens, e eles tiveram de espremer-se para ouvir a nova ordem de seu soberano.

Montado em seu cavalo, devidamente protegido por sua armadura, Macbeth esperou que o barulho da movimentação repentina diminuísse e anunciou, com a voz rouca:

– Vamos enfrentar os malditos lá fora, a céu aberto.

Os soldados se entreolharam, atônitos, mas nenhum deles se atreveu a perguntar por que a estratégia que lhes fora explicada detalhadamente, dias antes, havia mudado. A primeira instrução que receberam fora para aguardar o adversário na floresta. Depois, quando começou a receber informações sobre o número do contingente comandado por Malcolm e seus aliados, Macbeth decidira rechaçá-los a partir do castelo. E agora resolvia, mais uma vez, alterar os planos, sem explicar por quê.

– Baixem a ponte! – ordenou.

Dois homens, postados em ambos os lados do largo portão de ferro, puseram-se imediatamente a girar os sarilhos nos quais se enrolavam as correntes que prendiam a ponte levadiça. Entre rangidos estridentes, a passarela de madeira desceu aos solavancos e pousou a extremidade livre na borda externa do fosso, permitindo que os ocupantes do castelo cruzassem a vala profunda que circundava toda a construção.

Macbeth foi o primeiro a sair e não demorou a constatar que, assim como o vigia, fora vítima de um engano. Tão logo se acercou do que pareciam ser árvores em movimento, os soldados de Malcolm lançaram por terra os galhos que lhes serviram de camuflagem e partiram para o ataque.

Não tendo como recuar e muito menos como fugir, o monarca prosseguiu encosta abaixo, rumo à derrota que agora julgava inevitável. Sabia que, na confusão da luta, muitos de seus comandados haveriam de debandar ou de se passar para o lado adversário, e não poderia fazer nada para detê-los. Entretanto, tinha a firme convicção de que escaparia do confronto sem sofrer um arranhão sequer, pois acreditava piamente na profecia do bebê ensanguentado, que, em seu segundo encontro com as feiticeiras, dissera-lhe: "Zomba à vontade do poder do homem, porque ninguém que nasceu de mulher poderá te fazer mal". Fortalecido por essa certeza, investiu contra as fileiras inimigas, derrubando com sua espada quantos se aproximassem dele, avançando ileso por entre mortos e feridos.

Em menos de uma hora, porém, os poucos homens que ainda tinham condições de combater a seu lado depuseram as armas. À frente de um terço de seu exército, Malcolm tomou o castelo de Dunsinane, sem encontrar a mínima resistência. As trombetas soaram, anunciando a vitória. Os estandartes do usurpador foram imediatamente rasgados e lançados ao vento, cedendo lugar às bandeiras do novo soberano. Um brado de triunfo ressoou pela colina.

O déspota se viu sozinho no vale, cercado por uma verdadeira muralha humana, mas nem assim desistiu de lutar.

– Ninguém aqui pode me ferir – gritou, sempre manejando a espada gotejante de sangue.

Nesse momento, uma brecha se abriu entre a massa compacta dos guerreiros que compunham os dois terços restantes do contingente adversário, e o senhor de Fife se apresentou diante do carrasco que trucidara sua família e toda a sua criadagem.

– Eu posso! – exclamou.

Macbeth o fitou. Porém, como num sonho, enxergou, em lugar de seu rosto, a cabeça coberta por um capacete de ferro que emergira do caldeirão das feiticeiras e escutou mais uma vez a advertência da aparição, que a profecia do bebê ensanguentado parecia desmentir: "Cuidado com Macduff! Cuidado com o senhor de Fife!"

– O único homem que evitei... – murmurou para si mesmo, fechando os olhos por um segundo.

– Desmonte e enfrente-me! – Macduff o desafiou.

– Não me obrigue a matá-lo – o tirano replicou, com a voz ligeiramente trêmula. – Minha alma já está encharcada do sangue dos seus, e minha vida está protegida por um encantamento que ninguém nascido de mulher pode desfazer.

– Eu sei – o outro declarou, com um sorriso sarcástico. – Mas você não sabe que fui tirado do ventre de minha mãe antes do tempo e, portanto, não nasci como as pessoas normalmente nascem.

Como se tivesse recebido uma pedrada no peito, o usurpador inclinou o corpo para trás e, com esse movimento instintivo, puxou as rédeas com tamanha força que seu cavalo ergueu as patas dianteiras e relinchou, assustado. Quando se endireitou sobre a sela, Macbeth rapidamente correu os olhos pela muralha humana que o rodeava, procurando uma via de escape, por estreita que fosse, porém se deparou com um círculo ainda mais compacto e intransponível.

– Não vou lutar com você – berrou.

– Covarde! – Macduff exclamou com desdém. – Renda-se, então! Prometo que não lhe faremos nenhum mal. Só vamos trancá-lo numa jaula e expô-lo em praça pública, para que todos vejam o monstro que você é e cuspam em sua cara.

Foi o suficiente para o déspota recobrar a coragem que o abandonara por um instante e apear-se, pronto para travar a batalha final de sua vida.

Capítulo 17

Viva o rei!

Depois de enterrar os mortos e entregar os feridos aos cuidados dos médicos, Malcolm e toda a sua corte partiram para o mosteiro de Scone, onde o legítimo herdeiro de Duncan seria coroado sobre a mesma pedra em que seus antecessores se sentaram para receber a suprema investidura do país.

Fidalgos e camponeses, militares e artesãos, monges e mercadores se apinharam na beira da estrada para aclamá-lo entusiasticamente. Mulheres e crianças da nobreza e da plebe lançaram pétalas de flores sobre o príncipe que representava todas as suas esperanças de uma vida melhor, depois de tantos sofrimentos impostos por um tirano sanguinário.

Vestido em traje de gala, o conde de Northumberland cavalgava logo atrás da carruagem real. Embora feliz com o desfecho da luta, enxugava constantemente as lágrimas que insistiam em transbordar de seus olhos desde quando recebera a notícia da morte de seu único filho, a última vítima de Macbeth. Como guerreiro, jurara a si mesmo que não haveria de chorar e chegara a declarar que, se tivesse tantos filhos quantos cabelos, não poderia desejar para eles morte mais honrosa. Como pai, sentia-se sufocado pela dor e não se conformava com a pior perda que poderia sofrer. Não conseguia parar de se perguntar por que a vida de um jovem na flor da idade acabara de repente, enquanto a de um homem maduro, que já experimentara tantos prazeres e tantos desgostos, continuava até não sabia quando.

Cavalgando a seu lado, igualmente engalanado para a grande cerimônia, o senhor de Fife não se dava ao trabalho de tentar esconder o choro de profunda tristeza por sua família massacrada e, ao mesmo tempo, de intensa alegria pela libertação de seu povo.

Atrás dos comandantes da batalha final, enfileiravam-se as carruagens que transportavam os altos dignitários religiosos e os grandes nobres do reino.

Todas essas ilustres personalidades se reuniram em Dunsinane, local que, por ter sido o cenário de sua primeira vitória, Malcolm escolhera para ser também o ponto de partida de sua viagem mais importante, da qual voltaria com a coroa de seu pai na cabeça. Avançando lentamente, o cortejo demorou quase três horas para percorrer a distância de pouco mais de dez quilômetros que separavam o castelo inexpugnável do mosteiro centenário.

Após uma cerimônia breve e solene, o novo monarca se levantou sobre a pedra de Scone e pronunciou um comovente discurso:

– Não deixarei que se passe muito tempo para saldar a imensa dívida que tenho com todos vocês. E quero começar a pagá-la concedendo aos nobres aqui presentes o título de conde. Vocês serão os primeiros a usá-lo na Escócia. Mas não me agradeçam – apressou-se a ressalvar, percebendo que uns e outros se preparavam para aplaudi-lo. – Há muito para fazer e mais ainda para refazer – prosseguiu. – Espero cumprir meus deveres rigorosamente, com a colaboração de vocês, meus amigos, e de todas as pessoas de bem. Aprendi com meu pai que não é possível governar sozinho; que obediência não se obtém por meio da coação, do medo ou da chantagem, mas através do respeito, da competência e da estima. Aprendi que o governante deve conhecer as necessidades de seu povo e tomar suas decisões pensando no bem-estar geral do reino, e não em seus interesses pessoais. E aprendi com Macbeth que, mais cedo ou mais tarde, os atos criminosos acabam se voltando contra quem os cometeu. Uma das medidas mais urgentes que nos cabe tomar refere-se a nossos compatriotas que tiveram de se exilar em terra estrangeira para não morrer nas mãos daquele demônio. Temos de reconduzi-los a seus lares e auxiliá-los na reconstrução de suas vidas. Todos esses exilados são importantes, porém dois deles têm um valor inestimável para mim: meu irmão, Donalbain, que se refugiou na Irlanda; e meu amigo Fleance, o jovem filho de Banquo, que não sei onde se encontra. Ouvi dizer que procurou asilo no País de Gales, e peço-lhes encarecidamente que me ajudem a localizá-lo. Outra providência que nos cabe tomar sem demora diz respeito aos mercenários que, a mando de Macbeth, mataram Banquo, massacraram a família do bravo Macduff e eliminaram tantos de nossos amados súditos. Vamos tirar desse período trágico de nossa história todas as lições que nos ensinem a evitar qualquer tipo de tirania e esquecer o resto. Muito obrigado a cada um de vocês pelo que fizeram até agora para defender a causa da justiça e pelo que ainda haverão de fazer para manter a paz e a prosperidade em nosso reino!

QUEM É HILDEGARD FEIST?

Hildegard – ou Hilde, como é chamada pelos amigos – nasceu em São Paulo, formou-se em Letras Neolatinas pela USP, estudou Sociologia da Comunicação em Washington, Estados Unidos, e, de volta ao Brasil, dedicou-se primeiramente à editoração de fascículos e depois à tradução de livros e à elaboração de adaptações de clássicos da literatura e de textos paradidáticos.

Seu desempenho profissional ao longo de mais de trinta anos de carreira tem dois traços principais: perfeccionismo e seriedade. Do mesmo modo, quem a conhece logo lhe atribui duas características fundamentais: talento e modéstia.

Uma de suas grandes paixões é a música, mais precisamente a ópera. Para assistir a uma temporada lírica, Hilde é capaz de viajar milhares de quilômetros – é por isso que, sempre que pode, vai à Europa ou à América do Norte. Mozart é seu compositor predileto, e todas as óperas baseadas em peças de Shakespeare despertam seu interesse: é o caso, por exemplo, de *Otello* e *Macbeth*, ambas do italiano Giuseppe Verdi, e de *A megera domada*, do alemão Hermann Goetz.